Aktion T4
Legalisierter Massenmord im 20. Jahrhundert
Ein deutsches Drama

Aktion T4
Legalisierter Massenmord im 20. Jahrhundert
Ein deutsches Drama

Friedrich Wambsganz

Bibliographische Information der Deutschen Nationalbibliothek

Die Deutsche Nationalbibliothek verzeichnet diese Publikation in der Deutschen Nationalbibliographie. Detaillierte bibliographische Daten sind im Internet unter http://dnb.d-nb.de abrufbar.

Aktion T 4 – Legalisierter Massenmord im 20. Jahrhundert.

Ein deutsches Drama

Herstellung und Verlag:
BoD - Books on Demand, Norderstedt

ISBN 978-3-7481-2418-4

Friedrich Wambsganz

Aktion T 4

Legalisierter Massenmord im 20. Jahrhundert

Ein deutsches Drama

Gliederung:

1. **Akt (Reichskanzlei des Führers Adolf Hitler, Berlin, Oktober 1939)**
   Adjudant Bruno Gesche, Philipp Bouhler, Viktor Brack, Dr. Karl Brandt,
   Prof. Werner Heyde, Prof. Paul Nitsche, Dr. Herbert Linden

2. **Akt (Westfälischer Bauernhof, September 1941)**
   Behinderte Frieda Walter, Käthe Walter, Oskar Walter, Pfarrer Konrad
   Weber, Bürgermeister Horst Losert, Lehrer i.R. Michael Körner

3. **Akt (Behindertenheim Bethel bei Bielefeld, Oktober 1942)**
   Heimleiter Fritz v. Bodelschwingh, Ordensschwester Anna, Anstaltsarzt
   Dr. Gerhard Schorsch, Frieda Walter, Anstaltspfarrer Freimut Heider

4. **Akt (Westfälischer Bauernhof, November 1943)**
   Käthe Walter, Kriegsversehrter Oskar Walter, Pfarrer Konrad Weber,
   Bürgermeister und SS-Hauptsturmführer Horst Losert, Lehrer i. R.
   Michael Körner

5. **Akt (Palais der kath. Bischöfe Deutschlands, Berlin, Dezember 1944)**
   Kardinal Michael von Faulhaber, Bischof Clemens August Graf von Galen,
   Kardinal Adolf Bertram, Bischof Johann Graf von Preysing, Prof. Wendelin
   Rauch, Bischof Theophil Wurm (ev.)

Aktion T 4 – Legalisierter Massenmord im 20. Jahrhundert
Ein deutsches Drama

1. Akt (Deutsche Reichskanzlei, Berlin, Oktober 1939)

Bruno Gesche: *(In SS-Uniform stramm salutierend, nachdem er die Türe zu Adolf Hitlers Reichskanzlei hinter sich geschlossen hat.)* Heil Hitler! Guten Tag meine Herren. Ich bin vom Führer beauftragt, seine Weisungen zur bereits laufenden Aktion klarzustellen. Der Reichsführer der SS und Reichskommissar für die Festigung deutschen Volkstums, Heinrich Himmler, wurde schon vor Monaten über die Ziele des Reichskanzlers zur Reinhaltung der germanischen Rasse in Kenntnis gesetzt. Dieser hatte die Durchführungsplanung mit Reichsminister und Gestapo-Chef Hermann Göring vorher abgesprochen. Beide haben dann mit dem Reichsgesundheitsführer und dem Präsidenten der Reichsärztekammer, Dr. Leonardo Conti, Verbindung aufgenommen und den Organisationsablauf erörtert. Unser Führer hat sich bereits im Juli dieses Jahres mit NSDAP-Leiter und Reichsminister, Martin Bormann, unter Beiziehung von Dr. Conti über diese streng vertrauliche Sache unterhalten. Das Projekt „Die Vernichtung von lebensunwertem Leben" wurde durch Einbeziehung der in staatlichen und kirchlichen Heimen verwahrten psychisch Kranken erweitert und soll die Beseitigungsmaßnahmen im Anschluss an die „Kinder-Euthanasie" ergänzen. Sie, meine Herren, sind als maßgebliche Fachleute vom Reichskanzler berufen worden, den vorliegenden Rahmen des Konzeptes ins Konkrete umzusetzen! Ich bin befugt, Ihnen den Führerbefehl unmittelbar zu übergeben.

Werner Heyde: *(gekleidet in SS-Uniform mit den Rangabzeichen eines Hauptsturmführers ergreift stehend das Wort in der Runde der sitzenden Fachleute.)* Danke für Ihre Informationen, Herr Adjudant, ich glaube vor Ihrer Mitteilung zum nunmehr vorliegenden Führerbefehl darauf aufmerksam machen zu müssen, dass das Projekt der Aussortierung von belastenden Existenzen eine gewaltige organisatorische und personelle Anstrengung erfordern wird. Die „Reichsarbeitsgemeinschaft Heil- und Pflegeanstalten" spricht von mindestens 70000 Elementen, die baldigst erfasst, ausgesondert, abtransportiert und unauffällig beseitigt werden müssen! Kann hierfür das nötige Personal zur Verfügung gestellt werden? Reichsweit müssten tausende geeignete Helfer rekrutiert werden. Meine Behörde, deren psychiatrischer Abteilung ich beim „Führer der SS-Totenkopfverbände und Konzentrationslager" vorstehe, kann

2

das nicht im vorgesehenen Zeitrahmen ohne neue Finanzmittel und spezielles medizinisches Personal aus der Reichsärzteschaft leisten. Dazu fehlt es noch an belastbaren und entschlossen zupackenden Hilfskräften.

Bruno Gesche: *(verständnisvoll lächelnd.)* Seien Sie zuversichtlich, Herr Professor. Der Führer betrachtet – parallel zur laufenden Kriegsführung gegen Polen und der Beruhigung europäischer Regierungen – die Reinigung des deutschen Volkskörpers als vordringlich. Es wird der Aktion an nichts fehlen! Die Gesamtverantwortung liegt in kompetenten Händen. Die leitenden Herren befinden sich bereits unter Ihnen. Sie dürfen versichert sein, dass sich medizinisches Wissen und praktische Durchführung sich reibungsfrei ergänzen werden. So darf ich Ihnen, verehrte Doktoren Heyde, Nitsche und Brandt, die sich ja seit Längerem kennen, die SS-Obergruppenführer Philipp Bouhler und Viktor Brack vorstellen, die ich hiermit bitte, einige Erklärungen zum schriftlichen Führerbefehl, den ich Ihnen jetzt zum vertraulichen Gebrauch aushändigen darf, abzugeben. *(Bouhler und Brack erheben sich und nicken knapp. Brack lässt sich nieder, Bouhler bleibt stehen.)*

Philipp Bouhler: *(in der Uniform eines SS-Obergruppenführers.)* Sie gestatten, meine Herren Kollegen, dass ich diese unmissverständliche Euthanasie-Ermächtigung unseres Führers kurz rückblickend ergänze. Diese ist adressiert an mich als Reichskanzleileiter und Reichsleiter der NSDAP und an den SS-Brigadeführer Dr. Karl Brandt, seit fünf Jahren bekanntlich Adolf Hitlers ständiger Begleitarzt und reichsweit anerkannt als Fachmann für Tropenmedizin. Schon 1935 haben wir das „Gesetz zur Verhütung erbkranken Nachwuchses" über die bereits üblichen Massen-Sterilisationen betroffener Personen hinaus durch die Legalisierung der eugenischen Indikation erweitert und dann voriges Jahr nochmals durch die rassische Indikation ergänzt. Wir dürfen uns sicher sein, dass wir uns bei den erforderlichen Maßnahmen zur Verhinderung einer minderwertigen Schicht innerhalb des arischen Volkskörpers auf dem Boden von Rechtstaatlichkeit befinden. Reichsjustizminister Franz Gürtner, durchaus bekannt als kritischer Begleiter der deutschen Rechtsentwicklung, NSDAP-Mitglied und Amtsinhaber seit sieben Jahren, hat die Führer- Erlaubnis zu einer flächendeckenden Euthanasie - wie Sie eben - heute zugestellt bekommen, und er wird sich der folgerichtigen weiterführenden Praxis der Anwendung von wissenschaftlich gesicherter Erb- und Fortpflanzungsbiologie nicht in den Weg stellen! Fast möchte ich an die Grundlagen von Rassenhygiene und Erblehre selber erinnern, doch dazu ist Prof. in spe Dr.Brandt gewiss mehr berufen als ich. *(Bouhler setzt sich und Brandt steht auf.)*

Karl Brandt: Verehrte Kollegen, gewiss ist den meisten Kollegen seit der Studienzeit in der Medizin das Standardwerk Prof. Emil Kraepelins aus dem Jahr 1909 über die Kernthesen der Psychiatrie in Erinnerung, die besagen, dass alle Erscheinungsformen der Schizophrenie auf Vererbung beruhen und sich in Degeneration, populär Verblödung genannt, auswirken. Seine Schüler und Nachfolger, vorrangig die Professoren Paul Nitsche, Ernst Rüdin und Eugen Fischer, haben seine Forschungen und Thesen umfangreich ergänzt und die Beweisführung auf eine breitere Basis gestellt. Es besteht auf der wissenschaftlichen Erkenntnisbahn nicht der geringste Zweifel daran, dass die „Dementia praecox" auf linearer Vererbung beruht und einen erheblichen entartenden Einfluss auf einen gesunden Volkskörper darstellt. Sogar der akademische Gegner des Münchner und Berliner Gelehrten Emil Kraepelin in Sachen „endogene oder exogene Ursachen von Psychosen", der Freiburger Lehrstuhlinhaber für Psychiatrie Prof. Alfred Hoche, setzt die eingeschlagene Gedankenbahn der Fachrichtung kongenuin fort. Auch er hält Maßnahmen zur Reinhaltung und Entlastung der Leistungsschicht einer gesunden Gesellschaft für notwendig. „Vollidioten" und „geistig Tote" binden seinen Erkenntnissen nach Pflegekräfte und Geldmittel für nichterhaltenswerte Existenzen und entziehen damit wichtige Energien für den Ausbau einer lebensstarken Mehrheitsgesellschaft. Kollege Prof. Werner Heyde kann diese praxisbezogene Lehrmeinung als früherer Hörer Prof. Hoches bestätigen. *(Werner Heyde nickt lächelnd.)* Auf der zu beachtenden juristischen Seite hält uns bezüglich des Euthanasieprojekts der Leipziger Straf- und Staatsrechtler und ehemalige Reichsgerichtspräsident Prof. Karl Binding mit seiner bereits 1920 schriftlich niedergelegten Forderung „Die Freigabe der Vernichtung lebensunwerten Lebens" den Rücken frei. Überdies ist es erwiesen, dass Adolf Hitler das Standardwerk „Grundlagen der menschlichen Erblichkeitslehre und Rassenhygiene", das die Biologie-Dozenten Prof. Eugen Fischer und Prof. Fritz Lenz auf der Basis der Forschungen des Arztes und Botanikers Dr. Erwin Baur herausgegeben haben, während seiner Landsberger Haft gelesen und für sein Buch „Mein Kampf" verwertet hat. Unmissverständlich betonen diese Fachleute das gesellschaftliche Unheil durch Aufzucht und Erhalt von Geisteskranken und Psychopathen. Mitleid gegenüber solchen unglücklichen

4

Geschöpfen bedeutet Niedergang einer gesunden Volksgemeinschaft! Das Zentralproblem der Rassenhygiene besteht nach gesicherter Erkenntnis der genannten maßgeblichen Erbbiologen in der ungehemmten fortdauernden Entstehung defekter Erbanlagen, die den tragfähigen, zukunftsstarken Volkskörper fortdauernd schädigen würden. Überzeugen wir uns nun vom schriftlichen Appell unseres allseits geschätzten Führers anhand der eben erhaltenen Anweisung. *(Brandt nimmt angestrengt und ernst Platz. Gesche überschaut den Stuhlkreis und nickt dem sich bescheiden meldenden Dr. Linden zu.)*

Bruno Gesche: Bitte, Herr Dr. Linden. Was kann ich noch klarstellen?

Herbert Linden: Ich darf mich zunächst vorstellen. Ich habe seit 1929 in der medizinischen Volkshygieneforschung gearbeitet, bevor ich 1934 als Referent für das Irrenwesen an das Reichsgesundheitsamt berufen wurde und jetzt als Reichsbeauftragter für die deutschen Heil- und Pflegeanstalten unter Oberleitung von Herrn SS-Gruppenführer und Staatssekretär Dr. Leonardo Conti fungiere. Seit Monaten habe ich mit der ministeriellen Planung von Kinder- und Erwachsenen-Euthanasie zu tun. Mich irritiert nur das Datum „1. September" in der Ermächtigung des Führers. Ich ersuche den Herrn Adjudanten um diesbezügliche Erklärung.

Bruno Gesche: Dem Herrn Reichskanzler ging es schlicht und einfach um die Parallelität zum Kriegsbeginn gegen Polen. Es soll auf allen Handlungsebenen radikale Konsequenz gezeigt werden. Durch das Datum wird sowohl nach innen und nach außen ein Hochspielen der Euthanasie-Thematik gegenüber den demonstrativen militärischen Aktionen nach dem Überfall polnischer Soldaten auf die deutschen Befestigungen in Danzig verhindert. *(Paul Nitsche meldet sich.)*

Bruno Gesche: Bitte, Herr Professor Nitsche. Ich darf vermuten, dass Sie als Mentor der rassenhygienischen Medizin auch grundsätzlich zu den geplanten Maßnahmen Ihre in den Fachkreisen der Psychiatrie wohlvernommenen unterstützenden Argumente betonen können und ersuche ausdrücklich darum!

Paul Nitsche: Meine Herren Kollegen, ich empfinde es außerordentlich erfreulich, dass meine nun bereits 40-jährige Erfahrung im wissenschaftlichen und medizinischen Feld der Psychiatrie endlich insofern Früchte trägt, als meine Hauptthese, nämlich die weitest gehende Unterbindung der Fortpflanzungsfähigkeit von Geisteskranken faktisch umgesetzt wird! Es ist mir

Ehre und Anerkennung, mit den Führer-Beauftragten, Herrn NSDAP-Reichsleiter Bouhler, und dem Generalkommissar für das Sanitäts- und Gesundheitswesen, Herrn Dr. Brandt, zusammenzuarbeiten. Der Führer bringt in seiner Anweisung diese namentliche Bestimmung erfahrener Praktiker zum Ausdruck. Wie ich aus der Warte medizinischer Ethik mir zu beurteilen erlauben darf, hat der Reichskanzler nachdrücklich betont, dass die Auswahl der auszusondernden Kranken äußerst sorgfältig in Bezug auf die Diagnose von Unheilbarkeit zu erfolgen habe. Wie von meinem verehrten akademischen Lehrer Prof. Emil Kraepelin und von meinem Kollegen Prof. Alfred Ploetz schon vor 30 Jahren bewiesen wurde, sticht die Schizophrenie unter den wahnhaften Psychosen besonders heraus. Jetzt erweisen sich energisch gehandhabte Eliminierungen erforderlich. Ebenso hat sich Epilepsie als geradlinig erblich herausgestellt. Deshalb ist planvolle Ausmerzung bei derartigen Diagnosen erforderlich! *(Paul Nitsche nimmt erleichtert, aber schwer atmend, Platz.)*

Bruno Gesche: Vielen Dank, Herr Prof. Nitsche, für Ihren fundierten Rückblick in die genealogische Wissenschaftsgeschichte, an deren Fortschreibung Sie merklich als akademischer Lehrer und als Leiter von zwei Pflegeanstalten mitgewirkt haben! *(Gesche blickt in die Runde und nimmt das Handzeichen von Karl Brandt wahr.)*

Bruno Gesche: Bitte, Herr Dr. Brandt. Sicherlich können Sie einige Überlegungen zur Ermächtigung des Reichskanzlers beisteuern.

Karl Brandt: Herrn SS-Obergruppenführer Bouhler und mir ist aus dem Entstehungsprozess dieser umsichtigen Anweisung aus der Reichskanzlei bekannt geworden, dass es galt, ein ausdrückliches Gesetz wegen der sofort erfolgenden Denunziationen unserer Politik zur Volksgesundheit durch das Ausland und durch inländische Sozialverbände zu vermeiden! Hier wurden der entsprechenden Vorbehalte von Reichsjustizminister Franz Gürtner Rechnung getragen. Geheimhaltung ist angesichts der Brisanz der geplanten und bereits anlaufenden Ausmerzung von Ballastexistenzen dringend geboten! Nicht alle Notwendigkeiten können in Wende- und Kriegszeiten offengelegt werden. Bei manchen als delikat empfundenen Angelegenheiten ist absolute Verschwiegenheit erforderlich. Neben rechtspositivistischer Festlegung gibt es aber den aus der Sackgasse der Weimarer Republik befreiten Handlungsgang, der dem entschlossenen Willen unseres Führers verpflichtet ist. Er weist uns eine höhere Ethik, die der Reinigung und Kräftigung des germanisch-deutschen Volkskörpers dienlich ist. Seine Diktion steht zwar unter privatem Briefkopf, ist aber nicht weniger bindend! Protestgeheul von Humanisten und Pazifisten darf unsere Bewegung nicht beeinträchtigen. Das ist auch die feste Meinung Martin Bormanns, Heinrich Himmlers und Hermann Görings aus dem unmittelbaren Führer-Umkreis. Da doch die Ansichten des Reichskanzlers auf dem Gebiet Rassenhygiene im Laufe der letzten Zeit noch deutlicher zutage getreten sind, kam es gewiss vor, dass manche Ärzte in den Heil- und Pflegeanstalten in vorauseilendem Gehorsam verfrühte Todesfälle von Kretins erzeugt haben. Dies geschah, um Beweise für Vererbbarkeit von Schwachsinn auf dem Gebiet der sezierenden Gehirnforschung beizutragen. Daher sollte durch das zurückgestellte Datum des Führerbefehls auch eine legalisierende Absicherung der Maßnahmen gegen eventuelle Vorwürfe wegen Strafbarkeit erfolgen.

Lassen Sie mich jetzt gleich von meiner Stelle aus in vorheriger Absprache mit meinem Kollegen Philipp Bouhler auf den unter uns sitzenden Herrn SS-Oberführer Viktor Brack verweisen *(dieser erhebt sich zu straffer Haltung und nickt selbstsicher in die Runde)*, der sich schon am 9. November 1923 vor der Münchner Feldherrnhalle und noch früher als ehemaliger Freikorpsangehöriger große Verdienste im Kampf gegen die Novemberverbrecher von 1918 erworben hat. Seine vielen Fähigkeiten hat er seither ständig weiterhin dem Werdegang unseres verehrten Führers in den Dienst gestellt. Aber dazu ist Kollege Bouhler noch besser geeignet, um ihn in unserem Kreis willkommen zu heißen. *(Brandt lässt sich nieder, und Bouhler erhebt sich, feierlich Brack in den Blick nehmend.)*

Philipp Bouhler: Meine Herren, lieber Viktor Brack. Es ist mir eine Ehre, obwohl ich nominell noch Ihr Vorgesetzter bin, auf Ihre Leistungen aufmerksam zu machen, die Sie als junger Parteisoldat in der NSDAP in den letzten 16 Jahren vollbracht haben. Unter dem legendären SS-Obergruppenführer Sepp Dietrich hat er sich, weil er sich nach beruflichen Interessen für moderne Landwirtschaft seinem Hobby, der Technisierung und Motorisierung, zuwandte, um die schnelle Eingreifbereitschaft der 1. SS-Standarte gekümmert. Es soll nicht verhehlt werden, dass er schon als Münchner Abiturient 1923 den bayerischen BMW-Werken große Entwicklungsfähigkeit zugetraut hat. Dem SS-Reichsführer Heinrich Himmler diente er schon zu dessen Zeit als niederbayerischer SS-Gauleiter als Fahrer eines hochmotorisierten PKWs. Als dann Adolf Hitler nach seiner Machtübernahme die Gründung einer eigenen, nur ihm allein unterstellten Führerkanzlei - unter meiner Geschäftsführung - anordnete, habe ich ihn nach kurzer Bekanntschaft ohne Zögern mit nach Berlin genommen, wo er bereits in wenigen Jahren seine Fähigkeiten unübersehbar unter Beweis stellte. So hat ihn der Reichskanzler 1936 zu meinem Stellvertreter und zum Oberdienstleister der Reichskanzlei des Führers mit Zuständigkeit für Staats- und Parteiangelegenheiten ernannt. Es war mir eine Freude und Genugtuung, mit ihm stets reibungslos im Dienst unserer Bewegung zusammenzuarbeiten. Ich bin froh, dies nun weiter, in Erweiterung der Aufgabenbereiche des KdF tun zu dürfen. *(Bouhler lässt sich gönnerhaft und stolz lächelnd nieder. Sofort erhebt sich Brack in strammer Haltung.)*

Viktor Brack: Verehrte Kollegen, ich fühle mich geehrt, in diesem gewissermaßen erlauchten Kreis der führenden Erbmediziner, obwohl ich nur Diplomkaufmann und Hobby-Motorsportler bin, mitarbeiten zu dürfen! Zu besonderem Dank bin ich meinem bisherigen Chef, dem Reichsleiter der NSDAP und der Kanzlei unseres Führers, Herrn Philipp Bouhler, verpflichtet, der mir des Öfteren vertrauensvoll Stellvertreter-Aufgaben übertrug und mich stets für meine Pflichten als SS-Standartenführer freigestellt hat. Mein Dank gebührt ebenso den Professoren Werner Heyde und Paul Nitsche, die meine verwaltungstechnischen Kenntnisse ebenso geschätzt haben und mich in die Führungsriege der "Reichsarbeitsgemeinschaft für Heil- und Pflegeanstalten" innerhalb der KdF berufen haben. Dankbar bin ich nicht zuletzt auch Herrn Dr. Herbert Linden, der im Sachverständigenbeirat für Bevölkerungs- und Rassenpolitik des Reichsinnenministeriums meinen Aktivitäten Anerkennung entgegengebracht und mich im Planungsgremium der Aktion unbedingt haben wollte. Es ist mir Verpflichtung, den von allen anwesenden Herren im Voraus schon mitgegebenen Vertrauensäußerungen gerecht zu werden, wobei ich unter meine Förderer Herrn Dr. Karl Brandt in seinen Eigenschaften als SS-Brigagadenführer und Beauftragten für das Euthanasie-Projekt einbeziehen darf. *(Alle fünf genannten Herren lächeln bei ihrer jeweiligen Namensnennung geschmeichelt und wohlwollend zu Brack hin.)* Hinsichtlich der konkreten Planung der Euthanasie ergibt sich ein derzeitiger Sachstand: An erster Stelle ist die Entwicklung von Fragebögen zu nennen, an deren Entwicklung alle Anwesenden in den letzten Wochen beigetragen haben, so dass mir eigentlich nur die relativ kleine Aufgabe der Zusammenfassung und abschließenden Gliederung übrig blieb. Für mich als Nicht-Mediziner war es also nicht schwer, die auszusondernden Fälle nach Krankheitstyp und aktuellem Befund einzuteilen. Dazu war es für die Zielsetzung der gesamten Aktion wichtig, belastbare Aussagen zur Arbeitsfähigkeit und zum Pflege-, Unterbringungs- sowie dem Kostenaufwand zu bekommen. Herrn Dr. Lindens Referat im Innenministerium sammelt von den staatlichen und kirchlichen Pflegeheimen durch die dortigen Ärzte und Anstaltsleiter ausgefüllten Meldebögen und reicht die Fotokopien an Prof. Werner Heydes Staats- und Polizei-Dienststelle in der Berliner Tiergartenstraße Nr. 4 weiter, wofür ich mehrere geeignete Psychiater als Gutachter angeworben habe. Diese Fachleute, je drei pro Anstaltsinsasse oder Insassin, entscheiden bereits über Ableben oder Anstaltsverbleib anhand der Meldelisten. So kommen wir gewiss der vom Reichskanzler angeordneten Sorgfaltspflicht bei der Beurteilung der Krankheitsschwere nach. Im Falle der Unsicherheit eines einzigen Beurteilers wird das weitere Verfahren von einem Obergutachter endgültig entschieden. Als Obergutachter stellten sich Prof. Werner Heyde und Dr. Herbert Linden zur Verfügung. Zugleich ist dankenswert noch Prof. Nitsche in solcher Funktion tätig. Auf diese Weise ist der nötigen Fachkompetenz klagefest Rechnung getragen. *(Zwischenbeifall der anderen drei Herren.)* Am 9. Oktober konnte unsere Dienststelle die Meldebögen schon an alle deutschen Heil- und Pflegeanstalten sowohl in staatlicher als auch in kirchlicher Trägerschaft verschicken. Damit dürften wir über 90 % der nicht arbeitsfähigen Vollidioten aussondern, sofern sich die katholischen und evangelischen Heime nicht gewisse Unterminierungen herausnehmen. Falls sich Verdachtsfälle von Verweigerung und Falscheinträgen ergeben, wird eine von uns zusammengestellte Ärztekommission die betreffenden Institute aufsuchen und konsequent die nötigen Korrekturen vornehmen. Da wird es dann von roten Pluszeichen auf den Meldebögen wimmeln! Da vergeht den Humanisten alsbald ihre subversive Einstellung! In den letzten Monaten hat die Kleinkinder-Euthanasie ohne akribische Erfassung, doch auf der Basis allgemeiner Feststellungen über Hebammen, Kinder- und Amtsärzte bereits ordentlich gegriffen. Es wurde etwa 5000 „stille" Sterbefälle an uns gemeldet. Wir müssen jedoch ab jetzt den maximalen Vollständigkeitsgrad erreichen. Daher wird mit erhöhtem Personalschlüssel und penibler Kontrolle der Zahlen Kohlenmonoxid als Tötungsmittel innerhalb von Vergasungswagen und Vergasungsanstalten eingesetzt. Im 24-Stunden-Dienst sollen die Anstalten Bernburg, Brandenburg, Hadamar, Hartheim und Sonnenstein innerhalb der nächsten eineinhalb Jahre die etwa 70 000 schwer Schwachsinnigen, Nicht-

Arbeitsfähigen und neurologisch kaputten Existenzen auslöschen. *(Langanhaltender Beifall. Brack dankt mit angedeuteter Verneigung und setzt sich stolz. Bruno Gesche steht auf, blickt in die Runde, nickt bejahend dem sich meldenden Philipp Bouhler zu und beendet die offizielle Sitzung.)*

Bruno Gesche: Verehrte Herren, liebe Kollegen, besten Dank für Ihre Bereitschaft der Mitwirkung in der Führungsriege an vom Herrn Reichskanzler weitschauend initiierten Aktion der Bereinigung des deutsch-germanischen Volkskörpers und Ihr dafür eingebrachtes exzellentes Fachwissen. Ohne Ihr Renommee innerhalb der Fachwissenschaften von Medizin, Psychiatrie und Erbbiologie sowie dem kraftvollen Engagement der Herren Bouhler und Brack könnten die vom Führer erwarteten Resultate nicht im angedeuteten Zeitrahmen trotz aller anderen schweren Aufgaben an der polnischen Front erreicht werden. Überdies ist noch nicht erwiesen, ob auch noch etwaige Belastungen im europäischen Westen zu bewältigen sind. *(Die Anwesenden nicken stolz über die Anerkennung. Philipp Bouhler erhebt sich.)*

Philipp Bouhler: Jedenfalls tut sich mit Fortschreiten der Entlastung unserer Gesellschaft von nicht erhaltenswerten Existenzen zusätzlich die Chance auf, tausende von Pflegebetten zugunsten unserer Soldaten, die in getreuer Pflichterfüllung ihre Unversehrtheit geopfert haben, frei zu bekommen. Zugleich erhält die erschöpfende Hingabe der Pflegeschwestern den höheren Sinn. Auf die Betonung dieses Zusammenhangs legt der Führer großen Wert.

Zum Abschluss unserer Besprechung darf ich noch eine erfreuliche Ankündigung machen. Unser unermüdlicher Kollege Viktor Brack ist dabei, zur Eröffnung der zuerst fertigzustellenden Vernichtungsanstalt Brandenburg einen Festakt mit Probevergasung Anfang Januar vorzubereiten, zu der alle Anwesenden nebst Gattinnen oder Lebensgefährtinnen herzlichst geladen sind! *(Alle klatschen erfreut, verabschieden sich voneinander und verlassen den Raum. Gesche bleibt an der Tür stehen, noch jedem Einzelnen dankend.)*

2. Akt (Westfälischer Bauernhof, September 1941)

Frieda Walter: *(12-jährig, sehr langsam sprechend)* Mama, ich mag nicht in die Heilanstalt Bethel. Warum kann ich nicht bei Dir bleiben?

Käthe Walter: *(40-jährig, im Stallgewand einer Bauernfrau)* Frieda, Du fragst immer dasselbe. Es geht halt nicht mehr. Ich muss jetzt in der Munitionsfabrik in Bielefeld arbeiten und am Morgen und am Abend unsere fünf Kühe melken. Die Nachbarin, die Witwe Ilse, ist schon 73 Jahre alt und kann nur noch helfen, die Milchkannen für den Abholer zu füllen und auszumisten und Heu zu füttern. Die kann nicht meine Hofarbeit erledigen und ihre eigene Arbeit zusätzlich zu tun. Du bist schon wichtig als Beihilfe, aber Du kannst nicht die tägliche Hauptarbeit allein verrichten. Denk an Deine unregelmäßigen Anfälle und Kopfschmerzen. Der Doktor Eisinger hat Dir Schizophrenie und Epilepsie bescheinigt. Deswegen hast Du Anspruch auf Behandlung und Betreuung. Der Pastor Bodelschwingh nimmt sogar Katholiken auf, wenn sie wenigstens aktive Christen sind.

Oskar Walter: *(43-jährig, bereits in Landser-Uniform)* Mein liebes Kind. Du bist das Beste, das wir haben. Aber schau selber! Was bleibt uns denn übrig? Mama ist zum Arbeitsdienst zwangsverpflichtet, und ich bin zum Kriegsdienst eingezogen. Für Kleinbauern mit nur einer Tochter, wie wir es sind, gibt es keine Ausnahmeregeln. Wer sich weigert, gilt als feige und schädigt die Wehrkraft. Da kann man zu Gefängnisstrafe verurteilt werden. Die es gar zu weit treiben mit Verweigerung, die werden zur Abschreckung sogar erschossen. *(Frieda schreit auf, schüttelt weinend den Kopf und wirft sich zuckend dem Vater in die Arme. Der drückt die Schluchzende an seine Brust und streichelt sie.)* Es wird schon gut gehen. Ich schieße bestimmt besser als die Russen, und Mama gießt viele gute Gewehrkugeln in der Fabrik! *(Oskar lacht verhalten sarkastisch.)* Der Herr Pfarrer hat auch keinen besseren Rat, als zu folgen. Wir können nicht aus. Wir müssen parieren.

Konrad Weber: *(im zivilen Ornat eines katholischen Priesters)* Ja, liebe Frieda, liebes Ehepaar Walter, es kommt sehr hart auf Sie zu. Die Kirche ist in Kriegszeiten verpflichtet, den Staat, unter dessen Schutz sie lebt, zu unterstützen. Die Männer im Kriegsfeld, die Frauen in der Rüstungsindustrie. Die restliche Zivilwirtschaft hält die Kleinkinder und nicht mehr wehrfähigen Rentner am Leben. Alles muss getan werden, um das feindliche Ausland rasch zu besiegen.

Die Bolschewiken würden sofort, falls sie gewinnen würden, das Christentum vernichten und uns alle versklaven. Das kann kein deutscher Mensch hinnehmen! Der Herr wird uns zum Sieg führen und die Landesverteidigung aufrechterhalten, wenn wir nur fest beten und uns selbst zu den Notwendigkeiten bekennen, die unser Kanzler für richtig hält. Für Deine bestmögliche Unterbringung, liebe kleine Frieda ist gesorgt. Ich habe ein Gesuch an Pastor Bodelschwingh geschrieben, dass er Dich für die Kriegsdauer aufnehmen möchte. Ein zusätzliches Telefongespräch hat bereits die mündliche Zusage ergeben. Es wird Dir dort gut gehen. Der Anstaltsarzt probiert sogar neue Heilmittel für Deine Anfälle aus. Vielleicht erweist sich die vorübergehende Trennung vom Hof mit Hilfe von Jesus und Maria als Glücksfall für Dich. Manchmal erscheint manches hoffnungslos, aber der Herr hat schon vieles letztlich aufgrund unseres Glaubens zum Guten gewendet! Wir müssen uns auch stets eingedenk sein, welches Leid unser aller Herr Jesus Christus auf sich genommen hat, um uns im Auftrag seines himmlischen Vaters im Weltenlauf beizustehen. *(Pfarrer Weber tatscht tröstend Frieda die Hand. Er kann eigene Rührung nicht verbergen.)* Pastor Bodelschwingh hat von mir erfahren, wie fleißig und aufmerksam Du immer in allen Religionsstunden gewesen bist und dass Du immer den Sonntagsgottesdienst mit Deiner Mama besucht hast. *(Bürgermeister Horst Losert hat abgewartet, bis Pfarrer Weber geendet hat, und äußert sich dann zum Thema der Heimunterbringung von Frieda Walter)*

Horst Losert: Deine Eltern, liebe Frieda, haben mich zu dieser Besprechung eingeladen, weil sie und Du Informationen aus offizieller Hand haben möchten, wie es um die Sicherheit der behinderten Personen in staatlichen und kirchlichen Heil- und Pflegeheimen steht. Wie ja allgemein bekannt ist, gibt es im Deutschen Reich seit 14. Juli 1933 und dann noch erweitert seit 1935 mehrere Gesetze zur Verhinderung erbkranken Nachwuchses. Das betraf gewiss die eindeutig diagnostizierten Fälle von schweren Erbkrankheiten und beschränkte sich auf Erwachsene, die verheiratet waren oder wollten und Kinder zeugen wollten und konnten. Das mündete zweifellos in eine größere Anzahl von Sterilisationsmaßnahmen. Diese kleinen Operationen verliefen durchwegs ohne Komplikationen. Die Ärzte in unseren Krankenhäusern haben die harmlosen Eingriffe unter Narkose und Beachtung der Hygiene durchgeführt. Freilich wehte ab Kriegsbeginn Anfang September 1939 ein schärferer Wind. So wurden wirklich aussichtslose Fälle der allerschwersten geistigen und seelischen Behinderung, die in den staatlichen Heimen praktisch nur mehr wie tot verwahrt wurden und damit die Heilung und Pflege unserer tapferen Soldaten eingeschränkt haben, dem meistens selbst gewünschten Ende zugeführt. Ich selber habe das sehr bedauert, dass nicht alles so weiterging wie gewohnt. Aber schlimme Zeiten zwingen immer zu unschönen Maßnahmen! *(Frieda schaut erschrocken, verdreht den Kopf und unterdrückt mit einer Hand vor dem Mund ihr Stöhnen. Die Eltern nicken tragisch berührt.)* Aber Dein Fall liegt doch anders, Frieda. Erstens bist Du wirklich nicht bloß ein toter Körper. Du bist doch arbeitsfähig und lebenslustig, kannst sprechen und verstehst die Vorgänge um Dich herum. Zweitens kommst Du doch in ein sicheres kirchliches Heim, wo Du auf gar keinen Fall etwas zu befürchten hast. Du kannst nicht allein auf dem Bauernhof bleiben, das weißt Du selber. Die Kühe müssen in den Stall der Nachbarin, die aber Dich nicht zusätzlich betreuen kann. Da bekommst Du in Bethel Dein Essen, Dein Bett, Deine Kleidung und kannst – Deinem Gesundheitszustand entsprechend – im Heimbetrieb mitarbeiten. Die Umstellung von der Familie auf die neue Betreuung ist gewiss schwer, aber Du vermagst die Notwendigkeit einzusehen. Das wirst Du gescheites und williges Kind rasch verkraften! *(Die Eltern nicken ernst und etwas erleichtert. Die Mutter streichelt Friedas Hand.)*

Michael Körner: *(Lehrer i.R. Körner hatte besorgt abgewartet bis Pfarrer und Bürgermeister gesprochen haben)* Liebe Familie Walter, ich verstehe Ihre Ausweglosigkeit, liebe gute Frieda, ich fühle mit Dir. Ich weiß aber leider auch keinen anderen Ausweg als den, der Dir von Deinen Eltern aus der Not heraus als einzige Möglichkeit des Durchkommens empfohlen wird. Der Herr Pfarrer und der Herr Bürgermeister legen im Einklang mit Deiner Mutter und Deinem Vater die Lösung nahe, in Bethel Schutz zu suchen. Doch die Verharmlosung, die in staatlichen und kirchlichen Kreisen anzutreffen ist, kann ich nicht billigen. Ein Klassenkamerad aus meiner eigenen Schulzeit vor 40 Jahren tat bis vor kurzem Dienst bei der SS. Er hat mir bestätigt, was sogar in unserem abgelegenen, kleinen Dorf hinter vorgehaltener Hand geraunt wird, dass schwerstbehinderte Leute geradezu auf industriellem Weg durch Giftgas zu Tode gebracht wurden. Dies sei entweder in abgedichteten Transportautos oder in dafür hergerichteten Anstalten geschehen. Das wäre zig-tausendfach landesweit durchgeführt worden. Sogar viele kirchlich geführte Heime konnten sich diesen Tötungsaktionen nicht entziehen. Sie wurden unter Führerbefehl gestellt, damit verstaatlicht, und widerständige Pfarrer wurden von der Gestapo ins KZ gesperrt. Daher mussten sogar die christlichen Pflegeanstalten die vorgeschriebenen Fragebögen ausfüllen und zur Berliner Zentralstelle schicken. Es tut mir leid, allerliebste Frieda, die Du mir im Unterricht in allen Fächern stets große Freude gemacht hast, das in Deiner Gegenwart laut sagen zu müssen. Gäbe es für Deine Unterbringung eine private und bessere Lösung, so würde ich selbstverständlich der Familie diese sichere Alternative empfehlen. Aber im Falle der Heil- und Pflegeanstalt Bethel steht es glücklicherweise noch und gewiss auch ferner zum Besseren. Heimleiter Pastor Friedrich von Bodelschwingh hat zusammen mit Pastor Paul Braune, dem Leiter der Hoffnungstaler Anstalten in Lobetal, im Juli 1940 durch persönliches Auftreten in Berlin und durch Einreichen einer „Denkschrift für Adolf Hitler" eine gewisse Zurückhaltung für diese Wohn- und Pflegeheime erwirkt. Darin haben die beiden mutigen Herren, trotz ihres Verdachtes, dass es bei diesen Aussonderungen um den Vollzug allerhöchster Anweisungen geht, die mündliche Ankündigung einer „anständigen" Durchführung der staatlich angeordneten Abtransporte und den Vernichtungen von angeblich lebensunwertem Leben errungen. Der Zentralausschuss der evangelischen „Inneren Mission" hat dadurch merkbare Zurückhaltung im Eifer der rücksichtslosen Tötungen erreicht. So wurde es geduldet, dass der Betheler Chefarzt Dr. Gerhard Schorsch es durchgehend wagt, das Ausfüllen der verhängnisvollen Fragebögen mit Unterstützung von Pastor Bodelschwingh zu verweigern. Freilich wurde Pastor Braune verhaftet und musste im KZ drei Monate lang peinliche Verhöre der Gestapo über sich ergehen lassen, bis er wieder zurückkehren durfte.

Ein öffentlicher kirchlicher Protest war noch nachhaltiger. So scheint auch mir, dass es für Dich, liebe Frieda, nicht mehr riskant ist, wenn Du Dich vertrauensvoll nach Bethel begibst, weil unser katholischer Bischof Clemens Graf v. Galen am 3. August diesen Jahres eine sofort in ganz Deutschland verbreitete kritische Predigt gehalten hat. Darin hat er sich getraut – obwohl er seit Jahren im Verdacht stand, ein Gegner der Nationalisten zu sein -, sich klar gegen die menschenverachtende Euthanasie-Aktion auszusprechen. Der Bischof hat, nachdem er über die Praktiken des Verschleppens der Schwerstbehinderten in weit von der Heimat entfernte Verbrennungsanstalten gerichtsfeste Kenntnisse erhalten hat, pflichtgemäß Anzeige erstattet: Wer von

Mordtaten wisse, sei zur Meldung der Vorgänge verpflichtet! Darüber ist - nach zuverlässigen Kenntnissen meines Schulkameraden - der Reichsminister und Privatsekretär Martin Bormann so erzürnt geworden, dass er Adolf Hitler zugeredet hat, den Bischof umgehend aufhängen zu lassen. Nur durch das Eingreifen von Propagandaminister Dr. Joseph Goebbels wurde dies verhindert. Der hatte einen Katholikenaufstand befürchtet und den Reichskanzler erinnert, dass erst nach dem gewonnenen Krieg mit der katholischen Kirche abgerechnet werden solle. Aber Du, Frieda, bist doch – obwohl man jetzt annehmen muss, dass die Krankenmorde mit Wissen und gar Auftrag der Regierung durchgeführt worden sind - auf der sicheren Seite, weil Du arbeitsfähig, mitteilungsfähig und ganz bestimmt kein hoffnungsloser Pflegefall bist! *(Frieda kommen erneut die Tränen. Der alte Lehrer geht zu ihr und ihrer Mutter hin und legt beruhigend seinen Arm um ihre Schulter. - Da mischt sich nochmal der Bürgermeister Losert ein)*

Horst Losert: Ich habe sichere Nachrichten von Bürgermeister-Kollegen erhalten, dass die Vernichtungsaktionen nach den vielen Protesten von Angehörigen und der katholischen Kirche, die auf absolutem Tötungsverbot von kranken Menschen bestand und weiter bestehen wird, im Laufe des Monats August diesen Jahres auf dem gesamten Reichsgebiet eingestellt worden sind. So bist Du doppelt geschützt, Frieda, wegen der neuen Rechtspraxis und wegen Deiner Arbeitsfähigkeit! Außer gelegentlichen epileptischen Anfällen fehlt Dir doch gar nichts. Und Du kannst deutlich reden, verstehst alles, hast sogar das Schreiben erlernt und wirst viele benötigte Handlangerdienste im Anstaltsbetrieb leisten können. Gefährdet waren doch nur die passiven Geisteskranken, die nahezu besinnungslos nichts mehr spürten und kaum etwas nuscheln konnten! *(Lehrer Körner verzieht zweifelnd den Mund.)*

Michael Körner: Das ist aus meiner Sicht gar zu beschwichtigend ausgedrückt. Sie tun ja gerade so, als wäre der Krankenmord nur eine vorübergehende legale Praxis zugunsten staatlicher Erfordernisse gewesen! Mein Schulkamerad, der wegen seiner Größe und Sportlichkeit unfreiwillig zur Waffen-SS eingezogen worden war, hat mir aus sicherer Quelle berichtet – nicht ohne mich an Verschwiegenheit zu erinnern, die ich jedoch nicht mehr für geboten erachte -, wie schwierig es für kirchliche und karitative Institutionen war, sich Klarheit über diese üblen Vorgänge in den vergangenen eineinhalb Jahren zu verschaffen. Die beiden Vorgänger des mutigen Dr. Gerhard Schorsch in Bethel, nämlich die Professoren Schneider und Prof. Villinger, hatten die NS-Euthanasie mit vorbereitet. Villinger hat sogar klinische Untersuchungen, die er als „wissenschaftliche Forschung" ausgab, an den bedauernswerten Kranken betrieben. Er hatte keine Skrupel, sich darüber hinaus als Euthanasie-Gutachter der Berliner Zentrale zur Verfügung zu stellen. Dagegen bekannte sich unter hohem Risiko der Psychiater Dr. Carsten Jespersen von der Anstalt Sarepta, geschützt durch seine NSDAP-Mitgliedschaft, zur Weigerung die Meldebogen auszufüllen. Er getraute sich, seine Gründe offenzulegen, die sogleich als Obstruktion gegen staatliche Anordnungen denunziert wurden: Das waren das ärztliche Berufsethos des Heilens und niemals Tötens sowie die Einhaltung der offiziellen, immer noch geltenden Gesetze des Strafrechts, dass Mitwirkung bei Tötungsaktionen juristisch als „Beihilfe zum Mord" zu bewerten sei! Erst nach dieser zugegeben selten anzutreffenden Empörung haben endlich die sich zögerlich und recht unwissend gebenden Kirchenführer wie Kardinal Adolf Bertram und der sich mutig öffentlich äußernde Bischof von Galen aus der Deckung gewagt. Im Grunde wurde der Protest von unserem in klarer Gewissensethik und in christlicher Bibelethik handelndem Pastor Friedrich von Bodelschwingh eingeleitet und vorbildlich weitergeführt! Ich habe weiterhin Zweifel, ob man den staatlichen Stellen dahingehend trauen kann, dass die gesellschaftlichen Notwendigkeiten nun alle getan seien und derartige Notmaßnahmen aus Gründen der Volksgesundung beendet wären! Weiter läuft ja noch die Begründung, dass es die Solidarität mit den Kampftruppen erfordere, die rücktransportierten Kriegskrüppel in den Pflegeheimen vorrangig zu betreuen. Das dürfte den Vorwand unterstützen, die Geisteskranken würden wegen Gefährdung durch Bombenangriffe seitens der Alliierten aufs Land oder in noch sichere Kliniken an der deutschen Ostgrenze oder in ehedem polnische Pflegeheime verlegt. *(Dem Bürgermeister gefallen die aufrührerischen Worte des Lehrers nicht, und er wartet ungeduldig deren Beendigung ab.)*

Horst Losert: Sie denken leider nie staatstragend, Herr Lehrer. Gut, dass Sie seit zwei Jahren pensioniert sind und unsere Jugend mit Ihrem Misstrauen nicht wehrkraftzersetzend beeinflussen können. Ihr windelweicher Pazifismus würde heute Nachgiebigkeit und Aufruhr im Landesinneren und Feigheit vor den äußeren Feinden befördern! Ich bin entschlossen, unseren Führer, der diesen Titel im wahrsten Sinne des Wortes verdient, durch Beitritt in die NSDAP und zur SS zu unterstützen! Sie haben sicherlich bewusst unterschlagen, dass die englischen Flugzeugpiloten in absolut schändlicher Weise nicht davor zurückgeschreckt sind, zusätzlich zur Stadt Bielefeld sogar Bethel in der Nacht vom 18. Auf den 19. September 1940 zu bombardieren. Reichsminister Dr. Joseph Goebbels hat daher mit Recht im Rundfunk den „Kindermord in Bethel" angeprangert. Das sollte auch solch naive Pazifisten, wie Sie, Herr Lehrer, aufrütteln und zum Umdenken bewegen. Ich befürchte, dass das bei Ihrer ideologischen Verkrustung leider nicht mehr gelingen kann! *(Frau Walter streichelt das schluchzende Kind Frieda, das an ihrer Brust Schutz vor diesen groben Tiraden gesucht hat, und fordert zur Ruhe auf.)*

Käthe Walter: Ich muss doch sehr um Mäßigung ersuchen, Herr Bürgermeister, und auch Sie, Herr Lehrer, obwohl mich *(zu Körner schauend)* Ihre Worte eher überzeugt haben! Unter den Bauernfrauen beim Wochenmarkt in Bielefeld kam mir nämlich zu Ohren, genau wie Sie es vom kürzlich in den Ruhestand getretenen SS-Freund erfahren haben, was sogar in den Behindertenheimen geschehen ist, die unter kirchlichem Vorzeichen geführt wurden. Da tauchten Euthanasie-Kommissionen vor Ort auf und haben selbst rigoros die Fragebögen nach kürzester In-Augenschein-Nahme ausgefüllt! Es wurden unter Vorwand des wohl unabsichtlichen Bombenabwurfs durch die Engländer Verlegungen der Behinderten in weit entfernte Aufnahmestationen vorgenommen. Die neuen Adressen wurden den Eltern verheimlicht! Besuche im vorherigen und nachherigen Heim hat man verweigert! Die Angehörigen haben dann bald Briefe mit dem Kernsatz „Ihr Kind ist trotz sorgfältiger ärztlicher Bemühung überraschend verstorben" zugesandt bekommen! Manchmal seien Diagnosen ausgestellt gewesen, die keinesfalls richtig gewesen sein konnten, z.B. TBC statt der vorhandenen Sprech- und Gedächtnisschwäche. Auch stimmten die Friedhofsangaben für die Grabstätten-Orte und die Urnen-Aufbewahrungen nicht. Trotzdem wurden Rechnungen zugeschickt über letzte Intensivbetreuung und die angefallenen Bestattungsgebühren. Das haben sich betroffene Leute, die dies in eigener Familie oder im Verwandtenkreis erschüttert erlebt haben, unter vorgehaltener Hand trotz ratsamer Schweigepflicht zugeflüstert. Ich habe den Eindruck, dass die volle Wahrheit zurückgehalten wird. Ehrliche Leute sprechen von Lügen und Beschwichtigungen, und Angst herrscht vor gegenüber den staatlichen und parteilichen Stellen.

Aber kommen wir nun zum Hauptanliegen, nämlich Sie, Herr Bürgermeister, und Sie, Herr Lehrer, der in all den Schuljahren unserer kränklichen Tochter unser vollstes Vertrauen verdiente, auf unseren kleinen Bauernhof zu bitten. Es handelte sich doch im Wesentlichen um eine Versicherung dafür, dass wir unser braves Kind Frieda durch die schwierigen Zeiten gut behütet bringen können. Wir selbst sind, da unsere eigenen Eltern schon vor sechs bis vor drei Jahren verstorben sind und bekanntlich die freundliche Witwe vom Nachbarhof auch schon hinfällig ist, nicht zur Betreuung in der Lage. Die staatlichen Gesetze zwingen uns zur Mitarbeit in der Landesverteidigung. Wir müssen – im Absehen von unseren elterlichen Gefühlen – Frieda anderweitig in Obhut geben. Im Hin und Her des Gesprächs hat sich letzten Endes doch herausgestellt *(Frau Walter nickt zu ihrem Mann hinüber, der sie traurig, aber entschlossen, anschaut.)*, dass Frieda in Bethel jetzt bestmöglich untergebracht sein wird.

Sei tapfer, liebstes Kind, bald wird der Krieg vorbei sein, und, so Gott will, können wir Dich, allseits gesund und froh, wieder zu uns ins Haus holen. Die Mama begleitet Dich bis zum Eingang der Heilstätte in Bethel und übergibt Dich dem sorgsamen Herrn Pastor von Bodelschwingh. *(Frieda kuschelt sich an ihre Mutter und unterdrückt ihre Tränen. Der Vater tatscht ihr, geradeaus blickend, eine Hand.)*

3. Akt (Behindertenheim Bethel bei Bielefeld, Oktober 1942)

Fritz von Bodelschwingh: *(Er sitzt im Arztzimmer der Pflegeanstalt mit seinem Chefarzt Dr. Gerhard Schorsch. Sie beraten, wie sie die 446 Schwerstbehinderten unter ihren 3000 geistig behinderten Insassen vor der Euthanasie-Aktion bewahren könnten.)* Lieber Dr. Schorsch, wir haben hier in Bethel ein schlimmes Dilemma. Unsere ethische Position ist klar. Wir betonen unsere christliche Haltung – gedeckt durch die offizielle Strafrechtslage, dass kein Mensch außerhalb der geltenden Rechtsprechung getötet werden darf – und schützen dementsprechend alle unsere Kranken. Das haben wir gegen Dr. Herbert Linden und Dr. Karl Brandt beharrlich durchgehalten und sind damit gut gefahren; zwar in bevorzugter Ausnahmestellung gegenüber der reichsweiten Praxis der Euthanasie-Aktion. Um die Verweigerung aufrechterhalten zu können „die zugesandten Fragebögen der „Reichsarbeitsgemeinschaft Heil- und Pflegeanstalten" der Kanzlei des Führers auszufüllen, sahen wir uns Anfang 1941 veranlasst, eine eigene Kategorisierung unserer geistig behinderten Kranken einzuführen. Durch die Feinabstimmung in sieben Krankheitsstufen sollte die Zahl unserer durch Abtransport und Massenvergasung bedrohten Ärmsten der Armen äußerst klein gehalten werden. Da die Zentralstelle witterte, dass wir ihre vom Reichsführer angeordnete Arbeit zur flächendeckenden Volksgesundung unterminieren würden, haben sie uns am 19. Februar diesen Jahres die angedrohte Selektionskommission ins Haus geschickt, die mit unserer gemeinsam zu verantwortenden Klassifizierung grundsätzlich nach Überprüfung der Krankenakten einverstanden war. Nun stehen wir trotzdem dumm da, weil immerhin 446 reine Pflegefälle unter die Rubriken „nur mechanische Arbeit" oder „totale Arbeitsunfähigkeit" oder „bloß vegetatives Dasein" fallen. Selbst unter der großen Zahl unserer 3000 Pfleglinge erscheint mir die Zahl der mit akuter Tötung bedrohten Menschen zu hoch. Wie sehen Sie die Lage?

Gerhard Schorsch: Unser Rettungskurs, zu dem unser gesamtes medizinisches Personal einstimmig beigetragen hat, war richtig! Bei offener Verweigerung des Mitmachens, hätten wir mehr als die Hälfte unserer Betreuten dem sicheren Tod ausgeliefert. Dazu hätte man die gesamte, eh bevorzugte kirchliche Anstalt, im Handstreich enteignet, zwangsverstaatlicht und uns Boykottierer ins KZ verbracht! Ich empfehle, Ihren guten Kontakt zum nunmehrigen Professor Dr. Karl Brandt, der seit Mitte 1942 durch Adolf Hitlers Ernennung zum

„Bevollmächtigten für das Sanitäts- und Gesundheitswesen im Deutschen Reich" aufgestiegen ist, zu nutzen.

Fritz von Bodelschwingh: Das erscheint mir auch der einzig gangbare Weg, um die fürchterliche Aktion an unserem Haus vielleicht vorübergehen zu lassen oder um diese entsetzlichen Verstöße gegen unser christliches Menschenbild möglichst klein zu halten. Leider hat uns die reichstreue Gruppe unserer eigenen evangelischen Kirche eine Hürde in den Weg der Rettungstaktik gelegt! Sie erinnern sich, dass der Präsident des „Zentralausschusses für die Innere Mission", Pastor Constantin Frick, sein Einverständnis mit den staatlichen Eliminierungen insofern erklärt hatte, dass „nicht lebens-, arbeits- und gemeinschaftsfähige" Heimbewohner der Euthanasie anheimfallen dürften. Da habe ich die Drähte zu Prof. Brandt und Reichsbischof Ludwig Müller heiß telefoniert, um die leichtfertige Zustimmung Fricks als nicht abgesprochen mit den evangelischen Landeskirchen zurückzukriegen. Dr. Brandt hat mich gewarnt, offene Obstruktion zu betreiben. Er könne nur eine begleitende, keineswegs eine abwehrende Konsultation für eine nicht von ihm zu bestimmende Zeitspanne dulden. Andererseits, lieber Kollege, dürfen wir als moralische und fürsorgliche Instanz einer christlichen Kirche nicht stille Kollaboration für verbrecherische Ziele betreiben!

Gerhard Schorsch: Ich bin mir wie Sie, Chef, unseres vertrackten Dilemmas bewusst. Offener Widerstand gegen diese Staatsgewalt fährt alles gegen die Wand! Unser aller Untergang ist auch kein Ausweg und nützt keinem unserer Schutzbefohlenen. Aber Sie sollten den Fokus nicht allein auf Duldung unserer Verzögerungstaktik durch Prof. Brandt setzen. Wie ich aus Ärztekreisen vernehme, soll er sogar bald zum Koordinator für die gesamte medizinische Forschung ernannt werden. Er mischt sogar im obskuren Sektor von Menschenversuchen in Konzentrationslagern als wissenschaftlicher Ratgeber und Auswerter mit. Er wird vermutlich auch zum Leiter des ganzen medizinischen Vorrats- und Versorgungswesen gemacht. Dr. Conti sieht sich durch ihn bereits in der Gunst des Führers in den Schatten gestellt. Kein Wunder, als Hitlers Leibarzt ist er stets in dessen Nähe und kann ihm manches einflüstern, wobei seine persönlichen Vorteile nicht zu kurz kommen. Er darf sogar auf dem Berchtesgadener Berghof übernachten! Auch Hitlers Freundin Eva Braun soll viel von ihm halten. Ich befürchte, dass wir nicht darum herumkommen, unsere allerschlimmsten Pflegefälle in die staatlichen

Provinzialanstalten nach Gütersloh und Lengerich zu überstellen. Deren Belegungslücken sind nicht voll durch Schwerkriegsbeschädigte zu decken. Die Bezirke zahlen viel Geld an uns und wollen nun ihre Unkosten mit den bisher an uns überwiesenen Beträgen abdecken. Wer zahlt, schafft halt leider zum gewissen Teil auch an. Die Kommunalverwaltungen zwingen uns zu finanziellen und damit zu von uns ungewollten personellen Zugeständnissen! Trotz gewisser zeitlicher Begünstigung durch Prof. Brandt können wir uns dem staatlichen Zugriff nicht gänzlich entziehen. Ich befürchte allerdings, dass wir trotz Ihrer mutigen mündlichen und schriftlichen Proteste gegen die Euthanasie-Maßnahmen in Mitschuld hineinschlittern. Die behauptete Einstellung der zentralisierten Vergasungen von Mitte 1941, für uns also Hartheim oder Hadamar, ist meinen als vertraulich zugesicherten Informationen nach in infam-geheimer Weise nicht flächendeckend erfolgt. Die Euthanasie-Behörde ist umgeschwenkt auf „stille Tötungen" der geistig Behinderten mittels tödlicher Injektionen und schrittweise verminderten Nahrungsrationen bei Reduzierung der Kaloriengehalte. Man gibt wenig Fett ins Essen. Die Kranken verhungern qualvoll oder erkranken tödlich an den Gift-Beimischungen. Die geschwächten Körper sind nicht mehr widerstandsfähig gegen Krankheiten. Das ermöglicht dem ausgesuchten Personal die Ausstellung von falschen Sterbediagnosen für die Verwandten. Die Sekundärschäden werden im sachlichen Schreiben dokumentiert – noch dazu mit der Behauptung „trotz intensiver ärztlicher Bemühungen" –, und die Primärursachen kann man raffiniert vertuschen! Ich habe von einem Kollegen gehört, der in einem Heim gearbeitet hat, das dem Führerprinzip unterstellt wurde, dass sogar an Rechnungen für medizinische Heilmaßnahmen an die Angehörigen und Krankenkassen versandt wurden, die eigentlich nach dem tatsächlichen Sterbedatum stattgefunden haben müssten. Da wird neben der Verschleierung der Mordtaten unglaublich viel geschummelt! Wer unkontrolliert mit den finanziellen Aufgaben betraut ist, kann sich die Taschen vollstopfen. Die Todes- und Begräbnisorte – abgesehen davon, dass die Leichen meist nicht beerdigt, sondern verbrannt werden – stimmen in vielen Fällen nicht mit den Tatsachen überein. Wenn Urnen im Auftrag von Angehörigen zugeschickt werden, ist nicht sicher, dass es sich um die Asche des lieben Familienmitglieds handelt. *(Dr. Schorsch hält wütend und angestrengt inne.)*

Fritz von Bodelschwingh: Es ist fürwahr zum Verzweifeln. Aber uns Christen ist es trotz ziemlicher Aussichtslosigkeit in Zwangslagen aufgegeben, wenigstens durch Beeinflussung der Machtträger, die noch etwas Gewissen haben, oder durch mögliche List, die Zahl der Opfer niedriger zu halten. Es ist gerade himmelschreiend, dass wir zu Kompromissen mit Mördern veranlasst sind! Die Argumentation mit dem Strafgesetzbuch erwies sich als nahezu erfolglos. Manche Hochgestellte, wie der Herr Reichsjustizminister Franz Gürtner, gaben sich unwissend, andere stellten sich taub, taten ungläubig und verlangten einwandfreie Beweise. Letzteres traf meines Erachtens auch auf viele christliche Kirchenführer zu. Immerhin war Bischof Clemens von Galen Manns genug, die Unvereinbarkeit von todbringender „Sterbehilfe" mit der religiösen Ethik lautstark vorzubringen! Die Nachschriften und Kopien seiner deutlichen Worte am 3. August 1941 in Münster haben weitreichende Wirkung für Unmut und gar Proteste in der Öffentlichkeit hervorgebracht. Das führte immerhin zur Vorsicht bei den staatlichen Stellen. Man weiß nicht genau, ob die behauptete Einstellung der Euthanasie tatsächlich zum Stopp oder wenigstens zu einer Verminderung der Mordaktionen geführt hat oder ob die wahnwitzigen Taten unter noch strengerer Tarnung in vollem Umfang dezentral weitergegangen sind. Wir können nur hoffen, dass unsere weniger schlimmen Fälle mit Gottes Hilfe und der beschönigenden, abgestuften Diagnosen durchkommen.

Wie ich sehe, Dr. Schorsch, haben Sie heute noch eine abschließende Beurteilung hinsichtlich eines doppelten schweren Krankheitsbildes. Erkennbar lügen dürfen wir nicht, sonst fallen unsere gesamten, doch recht wirksamen, Schutzbehauptungen für viele Kranke flach! Da bleibt uns nur der „Veronika-Dienst" übrig, der unserem Herrn Jesus Christus auch ein letztes Zeichen des Trostes gegenüber der ungerecht urteilenden Staatsmacht gewesen ist. Es erscheint ja auch nicht gänzlich ausgeschlossen, dass der Transport nach Gütersloh und Lengerich wirklich nur „Verlegung" bedeutet. Wenn dort nicht sofort eine Euthanasie durchgeführt wird, sondern Verzögerung betrieben werden kann – oder wenn gar der Krieg schnell zu Ende ginge -, ist es nicht unwahrscheinlich, dass viele der Unsrigen lebend durchkommen. Ich werde mich selbstverständlich mit meinem dortigen Priesterkollegen telefonisch in Verbindung setzen. *(Fritz von Bodelschwingh sinkt schwer atmend und schwitzend zusammen, Dr. Schorsch zunickend)*

Gerhard Schorsch: Die Tötungszahlen der letzten zweieinhalb Jahre sind gigantisch hoch. Es gibt Schätzungen, die bei 70 000 Schwerstbehinderten liegen. Bei der „Probevergasung" in Brandenburg Anfang 1940 soll eine Summe von etwa 100 000 sogenannter Ballastexistenzen, die möglichst rasch beseitigt werden müssten, weitergeflüstert worden sein. Die Lüge vom „Vergasungsstop" bewirkte nur ein kurzes Innehalten nach Bischof von Galens Wutpredigt. Der Wechsel der Tötungsformen brauchte nicht viel Zeit. Aber die Untaten seit damals sollen bestimmt noch bis zur Schätzzahl von 100 000 fortgesetzt werden! Dr. Conti hat sogar Anmahnungen auf dem Briefkopf des Reichsinnenministeriums an zögerlich vorgehende Pflegeheime verschickt, damit der Euthanasie-Aktion höchste Priorität beigemessen wird. Wir können – Ihr Nachfassen bei Prof. Brandt ausgenommen – nur angehoben einstufen und dann beten. Die Eliminierungen mittels tödlicher Gifte und Essenskürzungen stellen einen weiteren Gipfel an Grausamkeit dar! Unser „Veronika-Dienst" als tröstliche Begleitung zum Bus ist nur ein euphemistisches Wort zur Beruhigung der Verschickten, damit sie das leichter nehmen, was sie doch bemerken und was Massenpanik beim Einsteigen verhindert. Wir können nicht stoppen, nur bremsen und vermindern wie bisher. Auch Pastor Braune macht nach seiner dreimonatigen KZ-Haft wieder durch Rückfragen und Besserbeurteilungen der geistig Behinderten mit. Andererseits haben Conti, Linden, Heyde und Nitsche von unserer Taktik Wind bekommen und lassen sich Unterminierungen nicht bieten. Die Obergutachter greifen scharf durch und nehmen keine Rücksichten.

Fritz von Bodelschwingh: Ja, volle Blockade schadet unserem Rettungsanliegen mehr als sie nützt. Trotzdem sollen wir unbedingt getreue „Anwälte unserer Schutzbefohlenen" bleiben. Gleichwohl stellen die 15 % Schwerstbehinderten, die wir als absolut mindeste Personenzahl zu übergeben haben, ein Diktat dar, dem wir uns beugen müssen. Die 446 arbeitsunfähigen Pflegefälle sind leider abzugeben. Andere Heime liegen bei einer Überstellungsquote von 30 %. Eine ungeheure moralische Last liegt auf uns! So lassen wir diesen Transport nach Gütersloh und Lengerich schwersten Herzens zu. Ich habe bisher stets gehofft, dass meine angedeutete Drohung Wirkung zeigt, dass bei weiterer Deportationen die verordnete Geheimhaltung nicht mehr klappen kann. Denn die Privatpatienten könnten ihren Angehörigen die Ahnung und gar ihr Wissen über die schrecklichen Vorgänge mitteilen. Die Verhinderung von Besuchen unter Verweis auf laufende Intensivbehandlungen oder Verlegungen in andere

Anstalten, die der Verwaltung staatlicher Heime angeblich noch nicht bekannt seien, kann ohnehin nicht komplett funktionieren. Leider ging ich fehl mit meiner Annahme, dass öffentlicher Protest eine klare Gesetzeslage nach sich ziehen würde, welche die bisherige Schein-Legalisierung auffliegen hätte lassen. Dann hätten sich alle an der Euthanasie vernetzt mitwirkenden Behörden und ihre Amtsvorsteher nicht mehr gegen vermehrte Vorwürfe verwahren können, Mörder zu sein. Leider habe ich auch unterschätzt, welche Ängste die das Sittengesetz mit Füßen tretende Staatsmacht hervorrufen würde, so dass sich kaum jemand traut – nicht einmal unter den entsetzten ahnungsvollen Angehörigen -, den Mund öffentlich aufzumachen. Den einzigen deutschen Richter, nämlich Lothar Kreyssig, der dem Brandenburger Vormundschaftsgericht seit 1937 vorstand, hat man heuer im Alter von 44 Jahren zwangspensioniert, weil er es gewagt hatte, gegen den Euthanasieleiter Philipp Bouhler Anzeige wegen Mordes an Behinderten zu erstatten. Kreyssig hat sich getraut, die schwammige Rechtslage anzuprangern, indem er dem Reichsjustizminister Franz Gürtner ins Gesicht sagte, dass „ein Führerwort keine tragfähige Rechtsgrundlage schaffen könne". Er hatte auch insofern ein wirklich legitimes Amtsverständnis, weil er innerhalb der „Bekennenden Kirche" die Eliminierung von Pflegefällen als krasses Unrecht bezeichnete. Wir Kirchenleute sind eigentlich Mitschuldige! Wir haben zu lange geschwiegen und abgewartet, auch Bethel nahm viel Unrecht hin, um volle Rechtsverdrehung für alle abzuwehren. Wir retteten viele unter Preisgabe der Allerärmsten! Wir haben laviert, statt rechtzeitig klare Position zu beziehen! Hoffen wir also unter starken Zweifeln, dass die 12 Busse mit unseren Schützlingen nach Gütersloh und Lengerich die dortigen freigewordenen Betten auffüllen, ohne dass die Fahrt ins Verderben weitergeht. Vielleicht wird mit Sieg oder Niederlage bei Stalingrad aller Wahnsinn im In- und Ausland beendet. Ich bete täglich um Lösung unseres Dilemmas durch höheren Eingriff. *(Pastor Bodelschwinghs Stimme erstirbt traurig. Seine Augen tränen in Gram und Zorn. An der Tür klopft es. Schwester Anna fragt, ob sie eintreten dürfe. Sie führt Frieda Walter behutsam an der Hand mit. Bodelschwingh streicht ihr gütig über den Kopf und verlässt das Besprechungszimmer.)*

Gerhard Schorsch: Nehmen Sie Platz, Schwester Anna. Setz Dich auch Du hin, liebe Frieda. Wir wollen ja alles nochmal durchgehen, warum Du, freundliche Frieda, bei der Verlegung in die Nachbarpflegeheime dabei sein sollst. Es wurde allgemein bekannt gegeben, dass Bethel nicht sicher vor feindlichen

Fliegerangriffen ist. Da bringt die Verteilung unserer vielen Sorgenkinder auf weniger bekannte Heilstätten schon einen besseren Schutz. Pastor Bodelschwingh kümmert sich weiterhin um Euch. Er lässt Euch nicht im Stich! Er hat mit den Direktoren der nahegelegenen Schutzhäuser bereits Verbindung aufgenommen. Schwester Anna, die Dich sehr gut kennt und ins Herz geschlossen hat, wird Dich bis zum Bus begleiten und Deinen Koffer tragen. Nicht wahr, Schwester Anna?

Schwester Anna: Freilich, beste Frieda, auch in den kleineren Heimen wirst Du bestens versorgt werden. Deine Krankenakte ist im Koffer. Du übergibst sie nach Ankunft in Gütersloh der Oberschwester, die mich persönlich kennt. Es ist eine sachverständige und gutherzige Frau, die seit Jahrzehnten in der Behinderten-Fürsorge arbeitet. Da wirst Du verstanden, und es wird Dir an nichts fehlen! Deine Eltern bekommen von uns bald nach Eurem Eintreffen in dem kleineren Pflegeheim Nachricht über Deinen Verbleib. Wenn irgend möglich, wird Deine Mutter bald zu Besuch kommen. *(Frieda schluchzt, wurde aber zureichend über den Umzug vorbereitet und harrt starr, aber doch gefasst, auf das Weitere.)*

Gerhard Schorsch: Du brauchst keine Angst zu haben, Frieda. Eine Verlegung von einer Betreuungseinrichtung in eine andere im nahen Umkreis dient zunächst mal der Sicherheit unserer Schwerkranken. Dass gerade kein Bombenabwurf auf Bielefeld stattfindet, ist ein momentaner Glücksfall im fortdauernden Kriegsverlauf. Noch gibt es auch im Hinterland genügend Ärzte und Pflegekräfte, die sich um die Behinderten rührend kümmern. Freilich stellen kirchlich vereidigte Ordensschwestern, wie Deine Betreuerin Anna eine ist, herausragende Personen dar. Ohne diesen Idealismus von Frauen, die ihr Leben dem aufopfernden Dienst an Euch Schwerkranken gewidmet haben, wäre die evangelische und katholische Heimarbeit nicht am Laufen zu halten.

Aber nun zu Deiner Diagnose, liebe Anna *(Gerhard Schorsch blickt in eine Kopie der Krankenakte Annas).* Du leidest an schlimmen Ausfällen Deiner Gehirntätigkeit, die es verhindern, dass Du selbständige und ununterbrochene Arbeiten vollführen kannst. Freilich kannst Du Dich bewegen und sogar verständlich sprechen, aber es ist halt nötig – auch zu Deinem Schutz – dass ständig ein Betreuer neben Dir ausharren muss, um bei einem epileptischen Schub einen Sachschaden und eine eigene Verletzung zu verhindern. So bist Du nur zu schlichten mechanischen Tätigkeiten zu verwenden – und stets unter Aufsicht.

Wie Du ja selbst am Beginn des Zitterns und Ruckens noch bemerkst, setzt das sonst vernünftige Verhalten über Minuten aus, und Dein Kopf spielt Dir Wahnvorstellungen vor. Dabei gerätst Du in Panik, Du schreist sehr laut auf und wirfst Dich dabei wild gestikulierend auf den Boden. Da wird die gesamte Werkstatt wild. Manche Behinderten brüllen mit, während sie entsetzt auf dich starren und nicht verstehen können, was in Dir vorgeht. Das beschränkt Deine Kommunikationsfähigkeit. Deine Angstträume wirken sehr lange nach und bezwingen Dein Bewusstsein. Du wirkst auf andere Heimbewohner deshalb unberechenbar und beängstigend. Es dauert dann einige Zeit, bis wieder ein erträgliches Arbeitsklima in der Werkstatt durch die Aufsichten hergestellt werden kann. Du selber musst immer sofort entfernt und in den Sanitätsraum geführt werden, wo ich Dir manchmal eine Beruhigungsspritze verabreiche und Dir sanft zurede. Für die folgenden Stunden bist Du nicht mehr einsatzfähig. Wenn Du danach wieder zu Verstand kommst, freuen wir uns beide!

Weil es sich bei den Entlastungsheimen um kleinere Betriebe für die Selbsterhaltung der Einrichtungen und die Mitwirkung bei der Versorgung der Stadtbevölkerung handelt, bist Du dort wohl passender untergebracht. Weil es weniger Pflegefälle gibt, stehen Dir die Ärzte und Pflegerinnen länger zur Verfügung! Die medizinische Wissenschaft macht auch auf dem Gebiet der schwierigen Gehirnforschung ständige Fortschritte. So sind sogar in Deinem Fall Linderung der Anfallsgewalt oder gar vorbeugende Eindämmung mittels neuer Medikamente wahrscheinlich. Du brauchst Dir wirklich keine großen Sorgen zu machen! Natürlich ist es nicht leicht, die gewohnte Umgebung und die brave Schwester Anna zu verlassen. Aber auch im neuen Pflegeheim wird man Dir sorgsam zur Seite stehen. Ich wünsche dir „guten Umzug"! *(Gerhard Schorsch streicht Frieda routiniert übers Haar und blickt ihr ernst und mitfühlend in die Augen. Dann nickt er der Oberschwester zu und geleitet Anna und Frieda, sie verabschiedend zur Tür des Besprechungsraumes. Dort wartet bereits der Anstaltspfarrer Freimut Heider.)*

Freimut Heider: Ich will mich von Dir verabschieden, liebe Anna. Selbstverständlich gehört es zu meinen Aufgaben als geistlicher Betreuer aller Bewohner der Heil- und Pflegestätte Bethel, mich um die seelischen Probleme zu kümmern. Das mache ich gern, gerade in Deinem Fall, weil Du für die Geschichten aus der höheren Welt immer aufnahmebereit gewesen bist. Sag, hast Du vor der Abfahrt noch etwas auf dem Herzen? *(Schwester Anna zieht sich diskret ein paar Meter zurück. Frieda holt tief Luft und antwortet.)*

Frieda Walter: Freilich, Herr Pastor. Wann darf mich endlich meine gute Mama besuchen? Sie war nur ein einziges Mal hier, bei meinem Einzug in dieses Heim. Dazu gefällt mir nicht, dass ich diesem Abtransport zugeteilt bin. Das macht mir Angst. Ich habe nur noch wenig Vertrauen zu Pastor Bodelschwingh und Dr. Schorsch. Manche Mitbewohner murmeln etwas über schreckliche Vorgänge.

Freimut Heider: Da würde ich Dir wohl etwas Beruhigendes sagen. Aber solche Themen sind nicht mein Fachgebiet. Ich darf mich in Sachen der Verwaltung und Betreuung nicht einmischen! Ich muss mich auf die seelischen Fragen beschränken! Hast Du vielleicht eine Schuld auf Dich geladen, so dass ich Dir bei dieser Belastung einen Rat geben kann. Wir „geistliche Herrn" sind dafür zuständig. So kannst Du meinen Vorschlag zur Reue und Wiedergutmachung demütig annehmen und sodann unseren Herrn Jesus Christus um Verzeihung bitten. Bei Euch Katholiken darf der Pfarrer sogar von der Schuld lossprechen, aber das hat Martin Luther vor 400 Jahren abgeschafft. Die evangelischen Pastoren sollen sich nur als Vermittler für die Sündenvergebung verstehen. Letztlich kommen alle reuig bekannten Fehler vor Gott hin. Was also, gute Frieda, belastet Dein Gewissen?

Frieda Walter: Ach, hochwürdiger Herr Pastor, ich war meiner Mama sehr böse, dass sie es nicht fertiggebracht hat, mir wenigstens zu schreiben, wenn sie sich schon für einen Besuch bei mir nicht vom Hof und ihrer Fabrikarbeit freimachen konnte. Da habe ich zornige Gedanken gehabt. Freilich weiß ich, dass ich kirchlichen Leuten gegenüber nicht misstrauisch sein soll. Aber dieser große Abtransport an Ziele, die nicht genau benannt werden, löst halt Angst und Widerstand aus. *(Es klopft. Ein SS-Mann ist hörbar: 'Abfahrt nach Hadamar!')*

Freimut Heider: Ich kann Dir versichern, kleine Frieda, dass unser Herrgott wegen Deiner privaten Sorgen bestimmt nicht nachtragend ist. Das geht uns allen so, wenn wir aus unseren vertrauten Gewohnheiten herausgerissen werden. Auch die Folgen der Kriegshandlungen beunruhigen uns alle, sogar die Nachfolger oder Stellvertreter des Herrn Christus. Schlimmer ist, wenn Du Dich nicht ins Unvermeidliche fügst! Denke an die schreckliche Kreuzigung, die unser Jesus ertragen musste, und an seine Verlassenheit im Sterbevorgang am Kreuz, dazu noch den Hohn der Pharisäer: Da musst Du Dich überwinden und Dich innerlich an die Heilige Maria klammern! Du darfst auf die Menschen vertrauen, die im kirchlichen Dienst alles Menschenmögliche für Dich tun und ganz gewiss keine bösen Absichten haben. Letztlich bleibt uns allen in schlimmsten Lagen nichts anderes übrig, als zu hoffen, dass unser Vater im Himmel uns noch für das irdische Leben bewahrt. Wir dürfen darüber hinaus nicht nachlassen in der Überzeugung, dass es über das Ende hinaus ein unendliches Glück gibt, das uns alles Widerwärtige vergessen lässt. Unser Glaube muss auf die geöffnete Schleuse zwischen Leid und Seligkeit bauen!

(Heider segnet die traurig zuhörende Frieda. Anna eilt her und fasst Frieda sanft am Arm.)

4. Akt (Westfälischer Bauernhof, Oktober 1943)

Käthe Walter: *(bedankt sich bei den in die Wohnstube eintretenden Herren einzeln für deren Kommen.)* Hochwürdiger Herr Pfarrer Weber, sehr geehrter Herr Bürgermeister, lieber Herr Lehrer Körner, nochmals vielen Dank, dass Sie der Einladung meines Mannes und meiner wegen einer Nachbesprechung über das Schicksal unserer Tochter Frieda sogleich gefolgt sind! Wir haben vor einigen Tagen einen vom Oktober 1942 datierten Brief unserer kranken Tochter erhalten, den sie vielleicht kurz vor der Abschiebung eines Transportes von Schwerbehinderten aus dem Pflegeheim Bethel in die Vernichtungsanstalt Hadamar geschrieben hat. Eine Schwester Hanna hat diesen ohne weitere Absender-Angaben an uns geschickt. Wir haben leider Grund zur Befürchtung, dass unsere liebste Frieda schon seit eineinhalb Jahren nicht mehr lebt. Wir bitten also die ortsansässigen Personen unseres Vertrauens, also Herrn Pfarrer und Herrn Bürgermeister sowie den früheren Lehrer Körner um eventuell mögliche Erklärungen und Hilfestellungen für Rückfragen bei Heimen und Amtsstellen.

Oskar Walter: Sehr geehrte Herren, danke für Ihr bereitwilliges Kommen. Sie sehen mich hier im Vergleich mit Ihrer Anwesenheit vor zwei Jahren leider als Kriegskrüppel. Der Kampf an der Ostfront gegen Russland hat mich einen Unterschenkel gekostet. Vor der Amputation gab es – wie für viele Kameraden – Wundbrand, Feldlazarett und notdürftige Behandlung in einem Krankenhaus in Lemberg. Freilich bin ich froh, noch zu leben und nun als ausgemusterter Landser wieder auf unserem Bauernhof angekommen zu sein! Doch die Hauptsorgen gelten jetzt unserer lieben Frieda. Wir befürchten, dass der Brief, den eine mitfühlende Krankenschwester in Bethel uns freundlicherweise zugeleitet hat, nichts Gutes bedeutet. Allein die Mitteilung, dass von Besuchen und brieflichen Kontakten schon bei Friedas Einzug in die Heil- und Pflegestätte dringendst abgeraten wurde, hat uns stutzig gemacht. Diese Vorschrift wurde mit „Störung der Heilbehandlung und kriegstechnischen Erfordernissen", wie Abwehr von Spionage und Verhinderung von volksschädlichen Gerüchten begründet. Sowohl in der Heimat als auch an der Front war plötzlich alles geheim. Die Leute haben trotzdem geahnt, dass damit jegliche Schandtaten, seien sie nun wichtig für den Sieg oder nicht, im Voraus gedeckt werden!

Konrad Weber: *(In defensiver Sitzhaltung, aber laut seine Wahrheit betonend.)* Meines Mitgefühls, Herr Walter, dürfen Sie versichert sein. Sie haben bestimmt in den letzten zwei Jahren des Öfteren mannhaft mit den Kameraden Ihre Pflicht erfüllt und mussten einen schlimmen körperlichen Schaden davontragen. Die christlichen Kirchen haben nichts zur Kriegsverhinderung unternehmen können. Aber wir Pfarrer haben im Einklang mit unseren Bischöfen erhebliche Beiträge auf all unseren Wirkungsfeldern geleistet. Dem Vormarsch des gottlosen Bolschewismus musste Einhalt geboten werden! Gegen feindliche Aggression gelang und greift Abwehr leider nur mit Waffengewalt. Da darf sich kein falsch verstandener Pazifismus einnisten! Hier galt und gilt es, den staatlichen Kampf mit unseren rhetorischen Mitteln zu unterstützen. Es ging und geht um die Substanz unserer Religion und demzufolge um rigorose Niederschlagung des Bösen! Dabei stehen Kirche und Staat sich treu zur Seite. Wie Sie, Herr Walter, Heldenmut bewiesen haben, indem Sie Ihre Unversehrtheit zu Felde tragen mussten, so haben wir in ideeller Hinsicht die Abwehrschlacht geleistet, die uns Christus aufgetragen hat. Freiheit und Glaube sollen uns jedes Opfer wert sein! Wie stünde die Christenheit beim Endgericht beschämt da, wenn sie gegen den Sturm der gottlosen Eroberer versagt hätte?

Was mit der braven, arglosen Frieda passiert ist, dazu habe ich keine sicheren Informationen. Es kursieren verschiedene Gerüchte. Ich glaube nicht, dass ohne bitterste Notwendigkeiten den armen Behinderten Leid und Tod zugefügt worden sind. Der Krieg bringt unschöne Sachzwänge mit sich, so die Versorgung der Zivilisten im Hinterland und die Betreuung der rücktransportierten verwundeten Soldaten. Gerade Bethel hat unter dem stets unermüdlich für Ausgleich und Erhalt sorgenden Pastor Fritz von Bodelschwingh größtes Unrecht verhindern und selbst dahindämmernde Kranke weiterhin pflegen wollen. Ich halte es für wahrscheinlich, dass Frieda durchgekommen ist und etwaige Abtransporte heil überstanden hat. Verlegung sollte nicht vorschnell mit Tötung gleichgesetzt werden.

Horst Losert: *(In festem Stand, selbstgewiss, seine SS-Uniform zu Recht zu tragen)* In beiden Punkten stimme ich Ihnen voll zu, werter Herr Pfarrer. Trotz der Verluste beim Kampf um Stalingrad weichen die deutschen Truppen dem zähen Iwan nicht. Der Nachschub läuft, die Lücken werden mit neuen, jungen Kräften ausgeglichen. Die Industrie arbeitet Tag und Nacht. Hier leisten unsere Frauen lobenswerte Hilfen bei Rückstellung ihrer Familienarbeit. Für Nachschub an

Kämpfern, Waffen und Munition ist weiterhin gesorgt. Defätismus im Inland wird schonungslos niedergemacht! Die arbeitsfähigen Kriegsgefangenen aus Polen und Russland sind sowohl in den Straflagern und in Außenbereichen in voller Ausschöpfung ihrer Kräfte in unsere Kriegswirtschaft eingespannt. Durch harte Arbeit wird denen der Kommunismus bald ausgetrieben!

Trotz aller Engpässe in den Krankenhäusern im In- und Ausland wird selbstverständlich auch für unsere deutschen Kranken aller Alters- und Diagnosegruppen das Menschenmögliche getan. Dass in schlimmen Notlagen bittere Entscheidungen getroffen werden müssen, das bitte ich zu verstehen; auch wenn es im familiären Bereich tragisch sein mag. Seinen Sie gewiss, dass der Führer kein deutsches Menschenleben leichtfertig opfert!

Michael Körner: Ihre regimetreuen Phrasen, Herr Hauptsturmführer, mögen in Ihren nationalistischen Kreisen für Beifall sorgen! Bei mir lösen solche strammen Durchhalteparolen nur Missfallen aus. Nichts gegen unsere erfolgreiche Nation. Nicht umsonst gilt unsere Bürgerschaft als „Volk von Dichtern und Denkern". Weltweit reagiert man auf deutsche Erfindungen und wissenschaftliche Erkenntnisse mit Lob und Bewunderung. Das zeigt uns eine ganze Palette von Nobelpreisen seit der Jahrhundertwende. Doch in der politischen Haltung wäre mir ein bürgerlicher Mittelweg lieber gewesen. Die Räterepublik wurde allein schon durch den Wählerwillen im Februar 1919 abgeschafft. Wilhelm Ebert hat als gemäßigter Sozialdemokrat zwar einige Reichswehrverbände mobilisiert, um keinen Marxismus hochkommen zu lassen, aber er hätte niemals Krieg gegen Polen und Russland, Frankreich und England ausgerufen! Er befand sich auf einem ausgewogenen Weg zur Stabilisierung der Weimarer Republik. Er war von der Überlegenheit der Demokratie überzeugt. Diese Staatsform hätte Bürgerschaft mit gleichen Rechten, stetigen wirtschaftlichen Aufschwung und Frieden mit den Nachbarvölkern garantiert! Leider hat sein früher Tod 1925 für einen Umschwung nach rechts gesorgt und die gewaltsamen Ausschreitungen der Rechts- und Linksextremen gegeneinander wieder hochkochen lassen. Adolf Hitlers Kanzlerschaft und seine Gleichschaltung aller öffentlichen Verbände und Institutionen schon 1933 samt seiner Revanche- und Expansionspolitik haben dann Kriegsbeginn und üblen Rassismus gegen Juden und Slawen möglich gemacht. Die Bürger konnten wegen der Umbrüche in der Innen- und Außenpolitik kaum auf die Menschenrechtsverletzungen im sozialen Bereich achten. Die geistig Behinderten wurden Opfer einer falschen Vererbungslehre, sie störten wegen des Pflege- und Kostenaufwands. Es galt nur der Nutzwert!

Was unsere gute Frieda betrifft, so möchte ich vermuten, dass ihr unter Pastor Fritz von Bodelschwinghs und Dr. Gerhard Schorschs Schutz bestimmt nicht Hungertod oder Vergiftung bevorstanden. Aber hören wir uns vor weiteren Mutmaßungen über eine Umquartierung oder gar ihr Ende den Brief an die Eltern an, den uns ihre Mutter gleich zu Gehör bringen wird.

Käthe Walter: *(liest den bereitgehaltenen Brief mit zittriger Stimme stockend vor.)*

Allerliebste Eltern!　　　　　　　　　　　　　　　　　　　　　*Oktober 1942*

Hoffentlich geht es Euch noch gut! Du, liebe Mama, bist gewiss eine sehr fleißige Arbeiterin in einer Bielefelder Fabrik, und Du, lieber Papa, tust Dein Bestes, um gegen die bösen Feinde zu gewinnen! Im russischen Winter ist es bestimmt für Euch Soldaten arg kalt gewesen. Wir kranken Kinder und Jugendlichen können hier in Bethel über nichts klagen. Wer sich tüchtig rühren kann, wird in den Werkstätten beschäftigt. Wer wie ich plötzlichen Anfällen ausgesetzt ist, darf kleine Hilfsarbeiten für die Aufsichten verrichten. Alle neu ankommenden Pflegefälle werden sofort dem Chefarzt vorgestellt, der eine Akte ausfüllen muss. Er sagt, dass es staatliche Anordnungen dafür gibt und dass die Krankenkassen Bescheid wissen müssen. Dr. Schorsch hatte bereits einen Bericht unseres Amtsarztes vor sich, in dem bereits meine Diagnose stand – Schizophrenie und Epilepsie. Er hat mir erklärt, dass das schwere Erbkrankheiten sind, und ich in die drittunterste Gruppe unserer sieben Beurteilungsstufen eingeordnet werde. Er meint, dass ich auf Grund dieser Befunde nur gleichförmige Zuträger-Aufgaben schaffen kann. Das hat mich enttäuscht und traurig gemacht! Als er das gemerkt hat, lobte er aber schnell meine Fähigkeiten im Sprechen, Lesen und Schreiben. Das sei selten bei geistig Behinderten, hat er noch hinzugefügt. Da stellte ich mich gleich wieder froh. Ich habe ihm erzählt, wie Ihr mich immer unterstützt habt, wenn mir etwas schwerfiel. Freilich bin ich durch den guten Lehrer Körner bestmöglich die ganzen vier Grundschuljahre hindurch gefördert worden!

Es bedrückt mich stark, dass ich noch keinen Brief von Euch bekommen habe. Aber ich weiß, dass Euch jetzt andere Sorgen belasten. Vielleicht bekommst Du, liebe Mama, einmal zwei Tage Urlaub, um herzukommen. Dann gehen wir zu unserer Heimkirche hinüber und danken gemeinsam der Heiligen Dreifaltigkeit und der Himmelsmutter Maria für ihre Hilfen. Überhaupt beruhigt es mich, wenn ich nach einer Entrückung wieder klare Sinne habe, dass uns die himmlischen Personen immer zur Seite stehen! Bisweilen besorgt es mich, wenn es heißt, dass Gruppen von uns in andere Heime verlegt werden. Manche ältere Behinderte flüstern sich dann zu, dass unbrauchbare Pflegefälle getötet würden. Andere meinen, dass solche Vermutungen wegen deren Geisteskrankheit zustande kommen. Das Raunen über diese Abtransporte verwirrt viele und auch mich, da hilft am besten das häufige Beten und der Früh- und Sonntagsgottesdienst. Die Evangelischen haben an Sonntagen und Feiertagen sogar ein Abendmahl. Das ist ähnlich wie unsere Kommunion. Einmal habe ich einen Mann in unserer Wäscherei gefragt, was das Wort „Hadamar" bedeutet. Der war sprachbehindert und murmelte entsetzt. Dann deutete er zur Erklärung heftig mit den Armen senkrecht nach oben. Ich deutete sein Stottern zuerst als „Himmelfahrt", aber er machte dabei eine unglückliche Miene. Seither bin ich gegen die Verlegungen in andere Heime misstrauisch. Die Beförderungsbusse haben alle verklebte Fenster. Man kann nicht hineinschauen und hört auch nichts heraus. Vielleicht werde ich auch einmal abtransportiert. Ich bin auf alles gefasst. Unsere Gruppe kann sich leider gegen nichts wehren. Wir müssen uns halt alles gefallen lassen und zufrieden sein, wenn man sich freundlich zu uns verhält. Wir selber lächeln jeden Betreuer zutraulich an und sind froh über jedes gute Wort!

Ich bitte Euch um Verzeihung, wenn ich Euch durch meine Anfälle manchmal zum Ärgernis geraten bin. Ich bereue es, dass ich Euch manchmal zornig über Euch war wegen der Ungeduld und des Zeitmangels für mich. Dabei kam das bestimmt nur von Eurer eigenen Arbeitslast und vom Gerede der Leute über mich!

Jetzt schließe ich den Brief. Die freundliche Schwester Anna half bei Rechtschrift und Wortwahl. Sie liest ihn nochmal durch und bringt ihn an einem freien Tag selbst zur Post.

Am schönsten wäre es, wenn es bald mit unserem Familienleben auf dem Bauernhof so weitergehen würde, wie vor diesem Krieg!

Es grüßt Euch herzlich mit dem Wunsch für Gottes Segen

Eure dankbare kleine Tochter Frieda

PS: Wegen Anordnung der „Provinzialverwaltung" werden 446 Behinderte aus Bethel in andere Pflegeheime in der Nähe verlegt. Hoffentlich trifft es mich nicht! Ich bin bisher noch recht zufrieden, aber manchmal wird mir angst. Die weggeschickten Arbeitsunfähigen bedaure ich sehr. Zum Glück bin ich nicht in die unterste Krankheitsgruppe eingestuft.

(Käthe Walter faltet den Brief in tiefer Betroffenheit und nickt ihrem Mann zu.)

Oskar Walter: So wie ich die Welt kenne, schaut es nicht gut für unsere brave Frieda aus. Aber Bethel war doch als die allerbeste Heil- und Pflegestätte. Die werden doch nicht zu Erfüllungsgehilfen für die Euthanasiebehörde geworden sein! Pastor Bodelschwingh, Pastor Braune und Dr. Schorsch galten doch als Verweigerer der Fragebogen-Aktion. Bodelschwingh stand sogar mit Prof. Brandt in Verbindung und konnte Sonderrechte für Bethel erwirken. *(Er blickt sich, Unterstützung für seinen schwachen Optimismus suchend zu Lehrer Körner um.)*

Michael Körner: Wir haben nichts Gewisses in der Hand. Doch selbst Bethel musste, obwohl alles bis in die höchste Ebene der Euthanasiebehörde hinein getan wurde, einen Teil der Schwerbehinderten an die unter Führerbefehl genommenen Heime der Kirchen überstellen. Der Zwiespalt von Staatspflicht und Gewissensgehorsam war nicht aufzulösen! Es wurde mit mangelnder Rechtslage argumentiert, es wurde gebettelt und an Proteste erinnert, vergeblich! Es gab freilich wegen Festhaltens an christlicher Grundüberzeugung Teilerfolge. Die kann man nicht in Abrede stellen. Die „Bekennende Kirche" vertrat und vertritt eine kompromisslosere Position, aber sie betreibt kein einziges Pflegeheim. Die Christen müssen sich der schwerlich annehmbaren Rechtssetzung in einer Diktatur beugen. Adolf Hitler hat sich noch nie um Menschenrechte geschert! Er denkt primitiv und brutal! Fehlerhafte und unproduktive Existenzen haben kein Lebens- und Versorgungsrecht. Diese unmenschliche Auffassung wendet er auf geistig und psychisch Behinderte, auf jüdische Leute, auf Zeugen Jehovas, auf angeblich rassisch Minderwertige und auf überzeugte Kommunisten an. Alle diese Ausmerzungen, die von seinen willigen Schergen bei uns und im Osten geheim und sogar in offener Roheit vorgenommen werden, gehen jetzt bereits auf rund vier Millionen. Ich bin nicht mehr sicher, ob ein Kriegsgewinn den Gräueln ein Ende setzen wird. Dann ginge es mit Ausmerzungen von Widerständlern und Pazifisten weiter, ohne dass Behindertenmorde gestoppt würden. Es kommen ja weiterhin defekte Personen zur Welt. Hitlers Kriege erzeugen selbst ein Vielfaches an Pflegefällen als die natürlichen Vorgänge! *(Körner schnauft heftig und blickt in bitterer Empörung um sich. Losert schüttelt sein markiges Haupt und entgegnet ihm aggressiv.)*

Horst Losert: Was Sie da Unterminierendes und Haltloses von sich geben, das ist wirklich Staatszersetzung und offene Rebellion! Da muss ich energisch widersprechen. Sie waren vor Ihrer Pensionierung ein anerkannt ordentlicher Lehrer und Erzieher. Die Jugend und die jetzigen Erwachsenen und Eltern von

Halbwüchsigen verdanken Ihrem Wissen und Ihrer strengen Berufsauffassung viel. Das war anerkennenswert über Ihre 40 Dienstjahre hinweg. Auch ich habe als Ihr Altersgenosse bis 1939 stets positiv über Sie gesprochen. Aber was Sie sich seit einiger Zeit an Ihrem Stammtisch oder bei zufälligen Gesprächen mit Bürgern unserer Gemeinde erlauben, spottet jeder Beschreibung! Da geniert man sich schon bei der Wiedergabe dieses Unflats. Unser Gestapo-Hauptmann hat mir zugeraunt, dass seine Geduld mit Ihrer subversiven Position sehr bald erschöpft sein wird. Ihnen ist nicht im Mindesten bewusst, was Sie mit solcher Staatsbeschmutzung bei den neu zu musternden 18- bis 16-Jährigen anrichten! Glauben Sie, dass auch unsere Soldaten auf kurzem Heimaturlaub unberührt bleiben von solcher Wehrkraftzersetzung? Sie scheuen sich nicht, sogar unseren allseits geachteten Führer herabzusetzen, der Tag und Nacht unterwegs ist, um alle militärischen und zivilen Kräfte – auch Rentner wie Sie – für die Stabilisierung der Fronten und die Verteidigung der Heimat zu mobilisieren. Jetzt sind kritiklose Solidarität und Gleichklang Bürgerpflicht! Ihr jämmerlicher Humanismus ist wegen unserer Sorge um die kleine Frieda noch irgendwie erklärbar. Überhaupt wurde der Volkskörper nur von absolut nutzlosen Existenzen befreit. Aber als denkender Mensch müssten Sie am Großen und Ganzen orientiert sein! Nur ein starkes und gesundes deutsches Volk, wobei ich Leib und Seele meine, kann dem östlichen Bolschewismus und seinen Verbündeten im Westen Paroli bieten! *(Körner schüttelt zweifelnd den Kopf und sucht Blickkontakt mit den traurigen Eltern Friedas.)*

Michael Körner: Seit Sie ein führendes Mitglied der SS sind, müssen Sie halt mit den Wölfen heulen. Würden Sie sich noch zu denken trauen, wären Sie bald Ihren Bürgermeister-Posten los und würden wie unser Oskar Walter an die Front abkommandiert! Es kann natürlich auch sein, dass Sie nicht bloß Gesinnungslump sind, sondern immer schon ein Nazi waren. Nun dürfen Sie endlich Ihr wahres Gesicht zeigen! Gegen Verlogenheit und gegen mordbereiten Fanatismus habe ich immer gekämpft! Die pädagogische Front war mir immer ein Auftrag, Humanität und Völkerfreundschaft in unverbildete junge Köpfe hineinzukriegen. *(Erbittert seufzt Körner auf. Wütend grummelt Losert in sich hinein. Er blickt Körner hasserfüllt an.)*

Horst Losert: Da haben wir es endlich klar vor uns. Sie waren nie bereit, die erwünschte Aufnordung unserer Rasse, die Säuberungsmaßnahmen und den Kampf gegen ungerechte Reparationen sowie die Proteste gegen die

Gebietsdezimierungen des internationalistischen Völkerbundes zu akzeptieren. Politisches und aufrecht nationales Denken ist Ihnen fremd! *(Er nimmt alle böse in den Blick.)* Die Subversion ist nun die Pflicht dieses kinderlosen Witwers geworden! Wir warten nicht mehr lang, um ihm das Maul zu stopfen. *(Er wendet sich voller Wut dem Lehrer zu.)* Unsere Geduld mit Ihnen ist zu Ende! Draußen steht mein Auto samt drei SS-Kollegen. Wir schaffen Sie gleich zum Gestapo-Quartier. Es liegen mehrere Beschwerden gegen Sie vor wegen Wehrkraftzersetzung und Subversivität. Dann geht es noch zum Amtsarzt! Der ist der NSDAP vor zwei Jahren beigetreten. Er hat den begründeten Verdacht, dass Sie an Schizophrenie erkrankt sind. Auf – die Privatversammlung ist geschlossen! *(Losert und die Eheleute Walter stehen verstört und kopfschüttelnd auf.)*

Käthe Walter: Wie haben wir's denn, Herr Bürgermeister?! So ungehobelt können Sie den hochgeschätzten Herrn Lehrer doch nicht zusammenbrüllen. Wenn hier wer das Treffen schließt, dann sind wir es. Wir Walters haben schon noch das Hausrecht, oder wird auch das bald der NSDAP gleichgeschaltet? *(Pfarrer Weber erhebt sich indigniert, räuspert sich und setzt zu sprechen an.)*

Konrad Weber: Es ist bedauerlich, dass die erbetene Erörterung über das Schicksal eines braven und fleißigen Gemeindekindes solch üble Formen angenommen hat und der Schluss in persönlich herabsetzende Tiraden ausgeglitten ist. Man sollte auf jeder Seite im kleinen Kreis schon die Beherrschung wahren! Als Pfarrer will ich an das Fünfte Gebot „Du sollst nicht töten" erinnern und betonen, dass die Katholische Kirche im Gegensatz zur Evangelischen Kirche kein spezifisch deutsches Christentum, wie es Reichsbischof Ludwig Müller anführt, herausgebildet hat. Euthanasie wird nur in Ablehnung hingenommen, wo die politische Gewalt auf ihr Recht beharrt! Die Wendung der Staatsethik hin zum grobschlächtigen Utilitarismus haben wir immer bedauert. Bischof Clemens Graf von Galen hat Behindertentötung klar als Mord bezeichnet und darauf hingewiesen, dass schließlich ebenso Schwerkriegsverletzte und alte Bürger einem rigorosen Leistungsmaßstab zum Opfer fallen würden! So will ich hoffen, dass der emsige Pastor Fritz von Bodelschwingh wenigstens solche leichteren Fälle von Schwerbehinderung, wie Friedas Defekte es darstellen, lebend durchgekommen sind. Inwieweit Bethel eingeschränkt kapitulieren musste, entzieht sich bei der strengen Geheimhaltung all dieser fürchterlichen Maßnahmen meiner Kenntnis. Da kann ich eben auch nur das eine oder das andere vermuten und Frieda in meine

Gebete einschließen. *(Pfarrer Weber faltet murmelnd die Hände zu einem kurzen Gebet. Lehrer Körner baut sich nach wie vor extrem erregt vor Bürgermeister Losert auf.)*

Michael Körner: Das kommt Euch Mördern und Henkern gerade zupass, dass ihr schon wieder einen angeblichen Verräter am Deutschen Volk in den Gestapokeller stoßen könnt. Es ist ja schon der Mantel des Vergessens über das Schicksal des mutigen Dr. Dietrich Bonhoeffer gebreitet worden, den ihr mit dem Vorwurf der Wehrkraftzersetzung im April eingelocht habt. Als Wortführer der evangelischen „Bekennenden Kirche" hat er den ethischen Standpunkt des Neuen Testaments deutlich vertreten und keine faulen Kompromisse gemacht! Da braucht ihr noch einen anderen Widerständler. Könnt ihr haben! Ich stehe für Vernunft, Anstand und Menschenrecht! Diese Werte sind unverträglich mit Führerkult, Angriffskrieg und Wahnideen für Volksgesundheit. Mit Adolf Hitler und der zum Gesetz gemachten Mördergesinnung soll Euch der Teufel holen! *(Horst Losert holt zum Schlag aus, hält sich in höchster Wut gerade noch zurück, reißt die Tür auf und ruft seine Leute herbei.)*

Horst Losert: Schafft den Volksverräter weg! Die Befunde sind eindeutig. Dem Dreckskerl muss endgültig das Maul gestopft werden! *(Losert und seine drei SS-Männer packen Körner und führen ihn rasch zum Auto. Pfarrer Weber bleibt entsetzt mit den ebenso betroffen schauenden Eheleuten Walter an der Haustür zurück.)*

5. Akt (Palais der kath. Bischöfe Deutschlands, Berlin, Dezember 1944)

Michael von Faulhaber: Meine Herren Kollegen im Bischofsamt der Katholischen Kirche Deutschlands, verehrte Gäste aus der evangelischen Konfession, ich heiße Sie willkommen zur Sitzung über „Das Verhältnis zwischen Staat und Kirche – ökumenische Beratung"". Freundlicherweise hat mir heute am 8.12.1944 für die Besprechung dieser „delikaten Materie" Kardinal Adolf Bertram die Gesprächsleitung überlassen. Uns vier Kardinälen schien zunächst oder überhaupt eine kleine Sonderkonferenz im kleinen Gremium angemessen. Ansonsten gilt unser aller Respekt der Bereitschaft Bertrams, dem erfahrenen Leiter der „Fuldaer Bischofskonferenz", heute als einfacher Diskussionsteilnehmer mitzuwirken. Es entspricht einer bereits manchmal geübten Praxis, dass wir einen Universitätstheologen, nämlich Prof. Wendelin Rauch, zu Gast haben, der in Bezug auf unser Thema selbständig als Wissenschaftler öffentlich hervorgetreten ist. Er kann daher einiges zum Meinungsbild beitragen, aus dem sich vielleicht eine gemeinsame Position entwickelt. Ein Novum besteht aber darin, dass wir an diesem Tag ökumenisch tagen. Deshalb haben Kardinal Bertram, Kardinal von Galen und ich unseren evangelischen Mitbruder, Herrn Bischof Theophil Wurm, gebeten, uns aus protestantischer Warte über die Lage der Evangelischen Kirche zu informieren. Die Gespaltenheit hinsichtlich ihrer Stellung gegenüber dem Staat ist im Vergleich zur Katholischen Kirche auffällig geworden. Ich freue mich auf Ihre Referate und ihre theologischen Perspektiven und hoffe, dass wir – getragen vom christlichen Geist und dem Wunsch nach Klarheit - den Gründen der entsetzlichen Entwicklungen im kriegführenden deutschen Staat auf die Spur kommen. *(Faulhaber schaut in aktivierend offener Händehaltung über den Rundtisch jedem einzelnen ins Gesicht.)*

Michael von Faulhaber: Ich sehe, dass alle Herren sich scheuen, am Beginn des Einstiegs in diesen schwierigen Sachverhalt, den ersten Redebeitrag zu liefern. Ich muss daher selbst „medias in res" einsteigen. Lasst uns beginnen mit dem Reichskonkordat vom 20.Juli 1933. Mit verschiedenen europäischen Regierungen waren nach dem Ende des Weltkriegs bis dahin schon Konkordate geschlossen worden, um die Souveränität des Vatikanstaates, die Neuformulierung des Codex Juris Canonici und außenpolitische Beziehungen international in feste Strukturen zu gießen. Im Vorfeld hatte Nuntius Eugenio Pacelli im Auftrag von Papst Pius XI. die Einigungen über die diversen

Vertragspunkte, so konfessionellen Schulunterricht, Freiheit der Seelsorge und Lehre, Trauungsregelungen, finanzielle Unterstützung, Durchführung der sakramentalen Vorbereitung und Schutz durch die staatlichen Ordnungskräfte in Zusammenarbeit mit Kardinalstaatssekretär Pietro Gasparri angebahnt. Das Verbot politischer Betätigung von Geistlichen und politisch gefärbter Predigten erschien Adolf Hitler nach vielfach durch Pfarrer und Bischöfe geäußerten Bedenken gegen die NSDAP-Politik durchsetzbar, nachdem die Bayerische Volkspartei und die Zentrumspartei ihre Selbstauflösung akzeptieren mussten. Überdies hat der Reichskanzler in einer Regierungserklärung Anfang März 1933 seinen Respekt vor dem Christentum zum Ausdruck gebracht. Er scheute sich nicht, den christlichen Glauben als „unerschütterliches Fundament des sittlichen und moralischen Lebens unseres Volkes" zu loben. Der konsequente Antikommunismus des Deutschen Kanzlers hatte in der Vorbereitungsphase des Konkordats zur Revision der zunächst skeptischen Haltung von Pius XI. gegenüber Hitler gesorgt. So ist das von außergewöhnlichem Vertrauen getragene Bekenntnis des Papstes im Artikel 16 des Vertragswerkes verständlich, in welchem er jeden Bischof zum Treueeid auf den Deutschen Staat verpflichtet „Vor Gott auf die Heiligen Evangelien schwöre ich, die verfassungsmäßige Regierung zu achten und von meinem Klerus achten zu lassen in der pflichtmäßigen Sorge um das Wohl und das Interesse des deutschen Staatswesens." Wir sehen also, dass es von beiden Seiten enge juristisch festgeschriebene Bande gab, die einerseits unserer Kirche ihre bisherigen Rechte garantierte und sogar die Bekenntnisschulen gestattete, aber andererseits Adolf Hitlers Renommee als würdigen Vertragspartner von Vatikan und Episkopat erhöhte. In heutiger Sicht freilich stellen wir fest, dass naiv und leichtfertig gehandelt worden war. *(Kardinal Faulhaber blickt zufrieden über seine ausgewogen scheinende Darstellung um sich. Kardinal Bertram, der dessen Formulierungen mit gespitztem Mund gefolgt ist, hebt energisch die Hand.)*

Adolf Bertram: Werter Kollege Faulhaber, gestatten Sie mir bitte einige differenzierende Bemerkungen, deren ich mich als Vorsitzender der Fuldaer Bischofskonferenz in 25-jähriger Amtserfahrung nicht enthalten kann. Mein Lebensalter von nunmehr 85 Jahren, die mir vom Herrn geschenkt wurden – unter Umständen auch, um jüngere Bischöfe vor Engführungen zu bewahren – hindert mich nicht, für eine moderatere Sichtweise zu plädieren. Die auch für die Geschichtsbewertung nötige objektive Betrachtung macht es erforderlich, die damaligen Entscheidungen aus den damaligen Bedingungen heraus zu sehen. Die katholische Kirche war 1933 und davor stets bestrebt, ihre gleichgewichtige Position gegenüber dem Staat zu erhalten und vor neuer Gefährdung zu sichern. Die Arbeit der Priesterschaft vor Ort und die Glaubensvermittlung musste wegen unser aller Pflicht zur Weitergabe des christlichen Glaubens durch einen stabilen Rechtsrahmen garantiert werden. Da waren der Gegenseite natürlich Zugeständnisse zu machen, zu denen in erster Linie das Verbot politischer Betätigung durch Bischöfe und Pfarrer gehörte. Das war kein fauler Kompromiss, das habe ich auch als Fürstbischof von Breslau 1914 so gehalten. Glaube ist Kirchenpflicht, und Politik ist Staatssache! Wo wären wir 1933 hingekommen, wenn nicht schon durch den juristisch geschulten Nuntius Pacelli und den klugen Außenminister Franz von Papen deutliche und befriedigende Grenzen für beide Seiten gezogen worden wären. Es hätte wieder einen Kirchenkampf gegeben wie zu Zeiten Bismarcks und vermutlich lang und gar blutig. Dies erkannt und weitschauend verhindert zu haben, das darf ich – hier nicht zu bescheiden – auf die Fahne des hochbegabten Kardinalstaatssekretärs Pacelli, der nicht zufällig unser Papst Pius XII. geworden ist, und meine Fahne schreiben. *(Kardinal Bertram lässt sich stolz und selbstgewiss nieder. Kardinal Faulhaber knüpft sofort mit einer vermittelnden Gegenrede an.)*

Michael von Faulhaber: Verehrter Herr Kardinal-Vorsitzender, niemand stellt Ihre großen Verdienste für zeitorientierte Politik in Abrede. Auch Ihr Talent, stets Kirche und zugleich den Staat im Auge zu behalten, hat viel beigetragen, dass wir uns in üblen Zeitläuften gemäß Christi Auftrag klug verhalten haben. Wir mussten uns austarierend benehmen. Auch Pacelli hat über das vertragliche Agieren hinweg den unguten, aggressiven Charakter Hitlers in seiner Zeit als apostolischer Beauftragter von Papst Pius XI. wahrgenommen, was uns seine Privatsekretärin Pascalina Lehnert in ihren Protokollen übergeben hat – „Dieser Mensch ist völlig von sich selbst besessen…dieser Mensch geht über Leichen und tritt nieder, was ihm im Weg ist…" Dann aber erwies es sich 1933 als damals wohl einzig gangbare Lösung ein Gleichgewicht zwischen Kirche und Staat zu bewahren und neu zu besiegeln. *(Adolf Bertram ruft dazwischen.)*

Adolf Bertram: Also, da haben wir's. Die Katholische Kirche ist nicht vor der neuen Macht eingeknickt! Sie hat sich realitätskonform verhalten. *(Michael Faulhaber beschwichtigt.)*

Michael von Faulhaber: Beruhigen Sie sich, lieber Kardinal Bertram. Selbstverständlich liegt es mir fern, Ihrer allseits hochgeachteten Persönlichkeit am Zeug zu flicken. Wir haben schließlich drei Jahre später zusammen mit Kollegen von Preysing und von Galen an einem Strang gezogen, als es galt für den Heiligen Vater die Enzyklika „Mit brennender Sorge" vorzubereiten. Da haben wir den außenpolitisch auch sehr vorsichtigen Papst Pius XI. im Rahmen unserer hierzu beauftragten kleinen Bischofskommission im Vatikan beraten können und ihn über die gewandelten Verhältnisse im Deutschen Reich informiert. So ist gerade unter Kardinal von Galens scharfer und kritischer Sicht der politischen Entwicklung dieses Lehrschreiben sehr deutlich ausgefallen. *(Clemens von Galen nickt ernst.)* Beim Thema „Christliche Moral" in Rechtspraxis und Gesetzgebung gab es keinen Mittelweg mehr. Da lagen die nichtakzeptablen Vorgänge bei genauerem Hinsehen bereits offen vor uns. Papst Pius XI. hat unsere Vorlage rasch auf die Ebene eines weltweit geltenden Lehrschreibens eingearbeitet im Blick auf Hitler-Deutschland. Er warnte vor Neuheidentum und elitärem Rassismus, der sich gegen Fremdstämmige und vollpflegebedürftige Menschen richtet. Mir ist in bleibender Erinnerung, wie er Nachdruck auf die Formulierung legte, „Gottes Sonne leuchtet über jedem Menschenantlitz...dieser Anspruch erfasst alle Lebensbereiche, in denen sittliche Fragen die Auseinandersetzung mit dem Gottesgesetz fordern". Auch dem Unterfangen des Führers, eine deutsche Nationalkirche zu etablieren, hat er seine Absage erteilt. Besonders scharf verurteilte er Hitlers egozentrisches Motto „Recht ist, was dem Volke nützt". Am 21. März 1937 war endlich die Enzyklika in allen katholischen Kirchen verlesen worden, jedoch mit der Folge sofortiger Gegenschläge der Nationalsozialisten. Zwölf Druckereien wurden enteignet, es gab Verhaftungen und die Schließung einiger theologischer Fakultäten. Freilich hat der damalige Papst vielleicht gar zu sehr – wie es jetzt deutlicher wird - die Verletzungen des Reichskonkordats als solche angeprangert, statt das Menschenbild der NSDAP konzentrierter in den Fokus seiner Empörung zu stellen. In diesem, dann etwas verdeckten Sektor hatte Kollege von Galen in der vorbereitenden Sitzung den Schwerpunkt setzen wollen, wozu er gewiss selbst etwas sagen will. *(Faulhaber nickt von Galen auffordernd zu und nimmt in aufmerksamer Anspannung Platz.)*

Clemens Graf von Galen: Ja, ich konnte diese verhaltenen Formulierungen, die sich gemäß der Vorgaben des Papstes für die Endfassung abzeichneten, nicht ohne Widerspruch mittragen. Meine Vorstellung von Gehorsam unter der Vollmacht des Heiligen Vaters hat bereits eine Grenze darin, wo das eigene Gewissen im Sinne allgemeinen Gewissensrechts jedes Christen nichts abschwächen und bemänteln darf. Insofern musste ich den inneren Druck in meiner Predigt bei der Xantener Viktorstracht am 6. September 1936 loswerden und über Obrigkeitshörigkeit und Pflicht zum Gottesgehorsam sprechen. Das Neue Testament erteilt in Römer 13 nicht der Staatsmacht das Recht für Unrecht; denn die weltlichen Machthaber unterstehen selbst einem übergeordneten göttlichen Recht. Die Christen - und so auch wir Bischöfe – müssen von den politischen Führern erwarten können, dass sie nur in Übereinstimmung mit dem göttlichen Sittengesetz auf eine biblisch verankerte Befehlsgewalt pochen können. Wenn die Staatsgewalt sich nicht auf die eigene Würde besinnt, die Voraussetzung für Gesetzgebung und Strafandrohung ist, dann handelt sie frevelhaft und geht der Anerkennung verlustig. Der Respekt vor dem Ebenbild Gottes in jedem Menschen ist unabdingbare Basis für Gehorsam und Pflicht. Sonst ließen wir zu, dass Christen zu Mittätern werden. Ich habe damals das von Adolf Hitlers Gefolgsmann verfasste Buch „Der Mythos des 20. Jahrhunderts" gelesen und mir wurde klar, dass der Führer seine „Blut- und Bodenlehre" gegen das christliche Menschenbild positioniert, er sich selbst zum Maß aller Dinge machen wird, bis schließlich eine germanisch-deutsche Nationalkirche unsere heilige, universelle katholische Kirche überwuchert. Leider muss ich Ihnen mit meiner Haltung von damals einiges abverlangen, aber auch für mich galt Martin Luthers Satz „Hier stehe ich! Ich kann nicht anders. Gott helfe mir!" *(Clemens von Galen setzt sich gerötet und verschwitzt nach dieser differenzierenden und sein Inneres preisgebenden Aufklärung hin. Bischof Wurm lächelt bei der Nennung Luthers. Bischof Graf von Preysing hebt die Hand und steht auf.)*

Konrad Graf von Preysing: Ich muss schon eine Lanze für die Position des Kollegen von Galen brechen. Es ist mir unvergesslich, wie gerade wir beide im Vorfeld der Enzyklika „In brennender Sorge" für mehr Deutlichkeit gekämpft haben. Wir forderten massiveren innerkirchlichen Widerstand, und das Lehrschreiben sollte unmissverständlicher auf mögliche Übergriffe in Sachen

Menschenwürde und Menschenrechte für alle Leute auf der ganzen Welt aufmerksam machen. In ethischer Sicht wären wir doch nicht von den Konkordats-Vereinbarungen abgewichen, weil das Menschenbild Bestandteil des christlichen Glaubens ist. Natürlich hätten die Nationalisten, die vom Reichsführer die Rettung und Erstarkung Deutschlands erhofften, laut protestiert. Unter Umständen wäre ein Kirchenkampf ausgebrochen, aber wir hätten bei konsequenter Verfechtung unserer Sicht, vermutlich einige schreckliche Fehlentwicklungen, die in den Jahren nach 1937 nicht mehr zu bremsen waren, vermeiden können. Ich bin aber Realist genug, um zu sagen, dass die nachträgliche Betrachtung der Geschichte nur isoliert gilt. Gegen die entschlossene Wucht der NSDAP-Bewegung hätten die Katholiken und die Kirche schwere Einschläge zu spüren bekommen. Wahrscheinlich hat Pius XI. Recht getan, indem er Glättungen bezüglich der Unvereinbarkeit des Führerkults und des Rassismus mit der christlichen Vorstellung von Würde, Freiheit und Personalität aller Menschen vornahm. Andererseits ist mir seither nie mehr wohl gewesen wegen der hingenommenen gewissen Vernebelung dessen, was Recht und Unrecht vor Gott und Recht und Unrecht des Staates ist. In gewisser Weise haben wir die Staatsvergötzung in ihrem Wahn nicht klar erkannt und an Verhinderung extremer Menschenrechtsverletzungen geglaubt. Dem Charisma und den Wutreden des Führers konnten wir kein Gegengewicht bieten. Kirchenarbeit besteht halt nicht im offenen Kampf auf den Straßen. Das andere Extrem bestand im Versuch, dem Führer zu schmeicheln, um ihn der Kirche gegenüber milde zu stimmen. Dazu muss ich leider den Missgriff unseres ansonsten den Mittelweg bevorzugenden Vorsitzenden der Bischofskonferenz zählen, der dem Reichsführer zum 51. Geburtstag 1940 „mit heißen Gebeten" gratuliert hatte. *(Alle nicken bejahend. Bischof von Preysing schielt respektlos zu Kardinal Bertram hinüber. Der schaute säuerlich zurück, verzichtete aber auf Protest. Michael von Faulhaber blickt in die Runde und ruft Bischof Wurm auf.)*

Michael von Faulhaber: Sehr geehrter Herr Bischof Wurm. Sie sind uns Katholiken kein Unbekannter. Sie haben sowohl als Kirchenpräsident der württembergischen Landeskirche als auch als ehemaliger Baden-Württembergischer Landtagsabgeordneter Erfahrungen auf dem religiösen und dem politischen Betätigungsfeld. Jetzt sollte Sie unbedingt die protestantische Position, die uns als gespalten vor Augen steht, einbringen. Sie haben mit dem Überblick über unsere Schwesterkonfession nach den ersten drei Referaten lange genug gewartet. Aber ich habe mir es so vorgestellt – selbstverständlich keinesfalls die evangelische Kirche als nachrangig betrachtend, wo bekanntlich diese überhaupt im Norden Deutschlands die mitgliederstärkere ist -, dass Sie selbst nach Anhörung der katholischen Überlegungen leichter sowohl kontrastierend als auch austarierend die beiden Richtungen in Ihrer Kirche darlegen können. *(Theophil Wurm nickt verständnisvoll.)*

Theophil Wurm: Sehr geehrte Brüder in Christo! Ich danke zunächst für die gewandte Einführung, lieber Herr Kardinal von Faulhaber. Ich bin mir nicht sicher, ob ich Ihren vorausgeschickten Erwartungen gerecht werden kann. Noch dazu bin ich vorgeschädigt. Zum einen, weil ich vor 1933 als Mitglied der Deutschnationalen Volkspartei durchaus mit der Etablierung einer weiteren Partei, die Problemlösung und Einheit versprach, einverstanden gewesen bin. Zum anderen, weil ich mich im Zorn, nach Adolf Hitlers Gleichschaltungsgesetz – dies bereits ein halbes Jahr nach seiner Machtübernahme – von den Inhalten seiner Gruppierung und seinem Politikstil abgewendet habe. So kann ich emotionale Regungen hinsichtlich einer NSDAP und deren Führerschaft nicht unterdrücken. Ich muss außerdem zugeben, dass mir nach der vom neuen Reichskanzler forcierten Gründung einer Deutschen Reichskirche sogar meine eigene Kirche zum Missfallen geworden ist. So führte mich mein Gewissensspruch zur Ablehnung des gar zu regimetreuen Ludwig Müller zum Protest gegen seine Kandidatur zum Hitler-genehmen Reichsbischof und sodann zum Vorschlag eines Gegenkandidaten in Gestalt des Christus-bezogenen Friedrich von Bodelschwingh, dem humanen, bürgerlich denkenden Leiter der Bethelschen Heil- und Pflegeanstalten. Meine neuen Sympathien genoss auch dessen theologischer Mitstreiter, nämlich der junge Leiter des Predigerseminars in Finkenwalde, Dr. Dietrich Bonhoeffer. Selber musste ich die Folgen meiner verweigerten Gefolgschaft für Reichsbischof Müller und überhaupt für die Abschaffung historisch bewährter Freiheit evangelischer Landeskirchen ausbaden, indem ich von meinem Leitungsamt in Stuttgart samt meinen Oberkirchenräten monatelang suspendiert und zu Hausarrest verdonnert wurde. Zum Glück war das Württembergische Landgericht noch so objektiv, dass ich dann wieder eingesetzt wurde. Da habe ich umgehend den Kontakt zur „Bekennenden Kirche" aufgenommen und die NSDAP-Politik seither nur noch unter Maßgaben bibeltheologischer Moral verfolgt. Sogleich kam meine neuerworbene Haltung zu politischen Vorgängen unter die

Nagelprobe. Nur zögernd vermochte ich dem geschickt inszenierten Kriegsbeginn gegen Polen und dann gegen Russland Zustimmung zu erteilen, weil es halt gegen den Vormarsch der Bolschewisten oder wenigstens für die Abwehr der gottlosen Kommunisten ging. Nur kurz konnte ich stillhalten, dann wurde ich wieder herausgefordert lautstark zu protestieren – und zwar Mitte 1940 gegen das bekannt gewordene Euthanasie-Programm der Führerkanzlei unter der Beauftragung von Philipp Bouhler und Viktor Brack, beide schriftlich installiert von Adolf Hitler. Da habe ich nicht wie die meisten Amtskollegen auf gleichgeschalteter protestantischer Seite und recht stiller katholischer Konfession den Mund gehalten. Sofort habe ich einen offenen Brief an den Reichsinnenminister Wilhelm Frick geschrieben, dass solche Machenschaften unvereinbar seien mit der gängigen Rechtslage und ohnehin mit dem biblischen Tötungsverbot. Ich hielt mich auch nicht zurück, auf den Durchbruch der bisher darüber verordneten Geheimhaltung aufmerksam zu machen und ließ mich sowieso nicht zu der verwerflichen feigen Taktik herab, dass alles noch zu wenig bewiesen sei und der kriminaltechnische Nachweis ohne deutliche Tötungsspuren nicht erfolgt wäre. Wie hätten solche Spurensicherungen überhaupt erfolgen können nach sorgfältiger Verbrennung der Leichen in den Vergasungsanstalten? Ich habe nach dem kaum wirkungsvollen Auflaufen meiner Proteste bei den höchsten Stellen des Reiches durch Gründung eines „Kirchlichen Einigungswerks" probiert, durch Gemeinsamkeit aller evangelischen Landeskirchen die Ermordung schwerbehinderter Geisteskranker zu stoppen. Bedauerlicherweise scheiterte ich an mangelnder Mitwirkung durch die auf Adolf Hitler fixierten Reichskirchler und wegen meiner eigenen Unterschätzung der Verschworenheit der Ministerriege in der Reichsregierung, genannt seien Gürtner und Frick, mit deren engster Bindung an den Führer. Ich musste dann auch einsehen, dass auch der mutige und beharrliche Pastor Fritz Bodelschwingh hauptsächlich wegen seiner persönlichen Bekanntschaft mit Hitlers Leibarzt Dr. Karl Brandt, dem maßgeblichen medizinischen Leiter der Aktion, zwar viele Eliminierungen seiner Schützlinge umgehen konnte, aber trotzdem Hunderte von Verlagerungen und Tötungen schweren Herzens hinnehmen musste. Ich habe also ähnlich wie mein geschätzter katholischer Bischofkollege Graf von Galen aufbegehrt, scheiterte aber an mangelnder Gleichstimmigkeit in meiner Konfession und an den festgekitteten Machtverhältnissen. Ich habe erfahren, dass in den Behörden von Heinrich Himmler und Dr. Joseph Goeppels ein totales Rede- und Schreibverbot gegen mich vorbereitet wird. Um dem Volksgerichtshof unter dem fanatischen Dr. Roland Freisler zu entgehen und wenigstens meine Gemeindearbeit fortsetzen zu können, werde ich mich, verwiesen auf inneren Widerstand, ruhiger verhalten müssen. Mein Respekt galt und gilt noch der bemerkenswert klaren christlichen Ethik des jungen protestantischen Theologen Dr. Dietrich Bonhoeffer, dem Hoffnungsträger der „Bekennenden Kirche", der leider wegen seiner Verbindung mit dem Hitler-Gegner Admiral Canaris seit April dieses Jahres von der Gestapo in Haft genommen worden ist. *(Theophil Wurm setzt sich erregt atmend in aufgebrachter Gemütslage nieder. Alle erweisen dem Redner durch bejahendes Hinschauen und Kopfnicken ihre Anerkennung. Kardinal von Faulhaber erhebt sich.)*

Michael von Faulhaber: Verehrter Herr Kollege und Glaubensbruder. Ich meine, Ihnen im Namen aller hier Anwesenden herzlich danken zu dürfen für Ihr freimütiges persönliches Bekenntnis und Ihre angedeuteten Folgerungen für die Themafrage, dem Verhältnis der christlichen Kirchen zum Staat. Den Spuren Ihrer wegweisenden Worte, lieber Bischof Wurm, wird der in unserer Konfession hoch anerkannte Theologe und Philosoph Prof. Dr. Wendelin Rauch gerne folgen. Wie ich ihn kenne, wird er dann den Versuch unternehmen, einen größeren Bogen zu schlagen und das vertrackte Problem mit neuen Denkwegen anzugehen. Ich bitte Sie also, lieber Prof. Rauch, das Wort zu ergreifen.

Wendelin Rauch: Sehr verehrte Kardinäle und Bischofkollegen, ich danke Ihnen für die Ehre in dieser erlauchten kleinen Runde sprechen zu dürfen, die in die Geschichte der Ökumene ihren angemessenen Platz finden sollte. Sie wissen, dass mein Werdegang, den ich als Führung unter Gottes und Christi umgreifenden Heilwillen verstehe, die extreme Spannweite zwischen Dienst am Staat- als Feldseelsorger im 1. Weltkrieg und der Arbeit in kirchlich gebundener Wissenschaft als Professor für Moraltheologie in Mainz umfasst. Der neue Heilige Vater Pius XII. hat mich 1939 sogar zum Bischof von Fulda bestimmt. Die nötige staatliche Bestätigung wurde aber von den Nazis verweigert, nachdem denen mein Freiburger Vortrag gegen jegliche Euthanasie und Sterilisation unter dem Thema „Probleme der Eugenik im Lichte der christlichen Ethik" unterbreitet worden war. *(Er nickt kurz und greift zu seiner Referatsvorlage.)* Zwangseingriffe in die persönliche Unversehrtheit und erst recht Tötungen von völlig unschuldigen Personen zum angeblichen Gemeinwohl widersprechen in biblischer und ehrbarer theologischer Sicht dem christlichen Menschenbild! Da kann es keinerlei Zugeständnisse und Kompromisse geben! Anders ist es bei der schon in der Antike diskutierten Frage der Legitimität des Tyrannenmordes bestellt. Dafür sprach stets die abrupte Beendigung einer Unrechtsherrschaft, die entscheidend von der Person des Monarchen oder Diktators abhängig ist. Dagegen stellten sich immer erfahrene Männer, die nach erfolgter Tötung des Despoten ein Chaos im Gemeinwesen befürchteten oder maßlose Racheaktionen der Günstlinge des Diktators. Denken wir an zwei Beispiele aus der neuesten deutschen Geschichte, an das Attentat auf den stellvertretenden Reichsprotektor in Böhmen und zugleich Chef des Reichssicherheitsdienstes, Reinhard Heydrich, am 27. März 1942, und an den Attentatsversuch auf Adolf Hitler am 20. Juli dieses Jahres. In Böhmen wurden daraufhin über 3000 tschechische Beteiligte und Befürworter umgebracht, in Deutschland nicht nur der Anführer der Widerstandsgruppe, Oberst Claus Graf Schenk von Stauffenberg, sondern neben den Mitverschwörern seine ganze engere Familie. Daneben wurden die Sicherheitsmaßnahmen zur Abschreckung von weiteren Attentatsplanungen erheblich ausgeweitet. Denken wir auch daran, dass die Widerstandsgruppe der „Weißen Rose" am 22. Februar 1943 allein schon wegen der Erzeugung und Verbreitung von regimefeindlichen Druckschriften von Schnellrichter Dr. Roland Freisler der sofortigen Hinrichtung durch das Fallbeil ausgeliefert wurde. Es bestehen also gewichtige Argumente für das Ergreifen von Attentats-Maßnahmen gegen einen Gewaltherrscher, um den Schandtaten eines blutgierigen Regimes Einhalt zu bieten. Andererseits müssen die mögliche Verstärkung des Terrors nach erfolgreichen Tyrannenmorden oder gescheiterten Versuchen einkalkuliert werden. Der Volkswirtschaftler und Philosoph Prof. Max Weber hat mit seinem Modell von Gesinnungsethik und Verantwortungsethik Überlegungen für Idealisten und Praktiker in allen Bereichen menschlichen Handelns bereitgestellt. Wir Christen müssen uns also beim Thema Krankenmord darauf konzentrieren, was durch ein Ausschalten des Alleinherrschers bewirkt worden wäre. Hätte es tatsächlich einen Stopp der Euthanasie-Tötungen gegeben oder hätten die utilitaristischen Begründungen für Einsparungen bei Pflege, Ernährung und Unterkunft weiter bestanden? Auf das Problem, ob die Menschenverluste durch den Weltkrieg hätten gestoppt werden können, kann ich hier nicht weiter eingehen. Nicht deswegen weil meine unterminierenden Gedanken in die Öffentlichkeit gelangen könnten, sondern weil eine sofortige Kriegsbeendigung nur bei bedingungsloser deutscher Kapitulation möglich wäre. Was sich dann für unvorhersehbare

Folgen einstellten, darüber kann man nur spekulieren. Unser hochgeachteter Kollege Dr. Dietrich Bonhoeffer hat sich hier weit in politisch-militärisches Terrain vorgewagt, so dass seine dort praktizierte Verbindung von Gesinnungsethik und Verantwortungsethik gewiss mit Todesurteilen für die gesamte Gruppe um Admiral Canaris enden wird. Einen tragfähigen Denkansatz zum friedensdienlichen Verhältnis zwischen Staat und Kirchen – es sei in unserem ökumenischen Kreis gestattet, den Plural zu gebrauchen – hat Pfarrer Bonhoeffer in zukunftsträchtige theologische Überlegungen eingebracht. Diese bestehen in seinem Fokus auf Jesu Bergpredigt, die wir ausführlich im Matthäus-Evangelium vorfinden, worin Liebesgebot, Tötungsverbot und die Seligpreisungen für „Arme im Geiste" sowie für „Friedfertige und Gewaltlose" ihren Sitz haben. Jesu unstreitiger eigener Pazifismus sollte also in die Erörterungen der Beziehung zwischen Kirche und Staat einbezogen werden. Darüber ging die Theologie beider großen christlichen Konfessionen die gesamte Religionsgeschichte hindurch seit der Anerkennung des Christentums als Staatsreligion unter Kaiser Konstantin im Jahr 312 unbeeindruckt hinweg. Seither standen wir oft als Büttel für Gewalt und Raub zu Diensten, ohne die nötigen hemmenden Fragen, ob es um Verteidigung und objektives Recht geht, aufzuwerfen. Auch das Wormser Konkordat von 1122 hat vorrangig die so genannten Investiturregularien abgesichert, so dass das „Heilige Römische Reich Deutscher Nation" *(hier lächelt Wendelin Rauch süffisant)* sich weiter auf die römisch-katholische Kirche verlassen konnte. Dass sich unsere Kirche in gewisser Weise – ich bitte dies nicht misszuverstehen – manchmal korrumpieren ließ, erscheint in kritischer historischer Betrachtung durchaus erweislich. Man hat nämlich schon damals durch wechselseitige Vollmacht-Anerkennung und Übergabe symbolischer Insignien eine immerwährende Partnerschaft bestätigt und mit der Zusage „Die Bischöfe sind den Fürsten gleichgestellt" eine selbstzufriedene Ämter- und Besitzpatronage installiert. Da müsste die heutige Theologie ihr moralisches Veto dazwischenrufen! Oberhalb von Bürgergehorsam für Regierung und Glauben ist „Göttliches Recht" unverrückbar positioniert. Dies wird heute auch „Naturrecht" genannt, das sogar vom Völkerbund des amerikanischen Präsidenten Präsident Woodrow Wilson als unverzichtbares „Menschenrecht" bezeichnet worden ist. Gleichfalls soll die „unverletzliche Menschenwürde" in allen Nationalverfassungen als Grundrecht garantiert werden. Deshalb verletzen wir kein Reichskonkordat, wenn wir der Verpflichtung auf die höhere Ethik gerecht werden und „leibliche

Unversehrtheit" der geistig behinderten Menschen aller Rassen und Nationen einfordern! Allzu sehr haben die Kirchen auf Ämter, Organisation und Glaubenssystem geschaut. Gerade hier hat Bonhoeffers Kirchenkritik angesetzt und für die Sonderstellung der „Bekennenden Kirche" gesorgt! Leider haben die Kirchen Jesu Kernbotschaft und Gottes wichtigsten Heilswillen vernachlässigt. Die Umsetzung dieser kritischen These käme vermutlich einer neuen Reformation gleich! Die damit verbundene Revidierung von Martin Luthers bisher allzu unbedacht aufrechterhaltenen Zwei-Reiche-Lehre erscheint in Anbetracht derzeitiger Katastrophenlage, was ich nicht bloß außenpolitisch meine, dringend notwendig! Schade, dass sich die im evangelischen Lager tonangebende Deutsche Reichskirche als hemmender Faktor entwickelt hat. Es ist sicherlich schwer, von Seiten einer insgesamt in untergeordnete Stellung verwiesenen wissenschaftlichen Theologie an traditionellen Strukturen zu rütteln. Vor dem Angriff von Hitler-Deutschland auf Polen, Frankreich und Russland konnte die „Bekennende Kirche" es noch wagen, vor einem Staatswesen, das alle Institutionen und Verbände auf sich einschwört, zu warnen; desgleichen vor der Zweckentfremdung des Evangeliums für parteiliche Ideologien. Dann spaltete sich aber sogar die „Bekennende Kirche" in einen streng gewaltablehnenden und einen staatsnahen, die Weltherrschaft der gottlosen Kommunisten fürchtenden Flügel. Damals bildete sich eine den „Deutschen Christen" gewogene Richtung heraus, die mit dem 1935 von Hitler ernannten „Reichsminister für die kirchlichen Angelegenheiten", Hans Kerrl, zusammenarbeiten wollte. Wir Theologen mussten erkennen, dass nicht einmal im Kirchen- und Bibelverständnis unserer evangelischen Schwesterkirche eine einheitliche Linie zustande kam. Das führte auch uns katholische Theologen auf den Appell Bonhoeffers zurück, die Forderungen der Bergpredigt zum Mittelpunkt einer spezifisch christlichen Ethik zu machen. Die weiteren Gespräche ergaben ferner die Vorstellung, dass eine religiöse Moral sich keinesfalls mit Institutions- und Pfründe-Sicherung zufrieden geben dürfe. Wissenschaftliche Theologie sollte sich zudem nach all den üblen Erfahrungen berechtigt und herausgefordert sehen, interdisziplinär zu forschen! Was die neuen gesellschaftsbezogenen Hochschulfächer wie Psychologie, Soziologie und Politologie herausarbeiten, sollte aufgeschlossen dahingehend diskutiert werden, in wieweit Übereinstimmungen mit dem christlichen Menschenbild und einer humanen Gesellschaftsethik bestehen, was dann in eine begleitende staatskritische Haltung zu integrieren wäre. Die Theologie muss sich auch aufraffen, an Wissenschaften Kritik zu üben, welche die Gnadengabe der Gottebenbildlichkeit jedes Menschen diskreditieren. Da fällt uns allen der verhängnisvolle Irrtum der Erbbiologen seit Ende des 19. Jahrhunderts ein. Seither galt es als angeblich wissenschaftlich gesichert, dass geistige und seelische Defekte in den Generationenketten einer Familie weitergegeben werden. Daraus resultierte die brutale Vorstellung, mit Sterilisationen und dann sogar akribisch organisierten Massentötungen von Schwerkranken eine Ausrottung vieler Leiden bewirken zu können und die Gesellschaft von so genannten „Ballastexistenzen" zu verschonen. Dahinter zeichnet sich ein materialistisches Menschenbild der Selbsterschaffung eines perfekten Menschen ab. Es ist zu bezweifeln, dass der angeblich gesunde und starke nordisch- germanische Mensch eine charakterliche Perfektion in unserem Sinn aufweist. Immerhin hat Papst Pius XII., dessen Verlautbarungen wir bei unseren theologischen Stellungnahmen einbeziehen müssen, in seinem Dekret gegen die deutsche „Aktion T 4" vom 2. Dezember 1940 die Eliminierungen als „nicht erlaubt" und als gegen das „natürliche und positive Recht verstoßend" bezeichnet. Die Positionen der hier anwesenden Kirchenleiter, voran Clemens von Galen, aber auch Michael von Faulhaber und Johann von Preysing dürfen zur Festigung unserer humanitären Grundlage herangezogen werden. *(Die genannten Herren nicken bejahend, aber keineswegs froh.)* Das Dilemma von ethischem Rigorismus seitens der Religion und praktischem Utilitarismus seitens des Staates und der Gesellschaft bleibt uns dauerhaft auferlegt, genauso wie das uns schon immer beschäftigende Theodizee-Problem. Wie und wann müssen wir handeln?! Dulden von Unrecht bedeutet Schuld, Handeln gegen Diktatoren und Diktaturen birgt Risiken für die Widerstandsleistenden und das Kirchenvolk. Ich schätze, dass wir unsere Lösungsmöglichkeiten auf mündliche und schriftliche Proteste beschränken müssen! Allerdings dürfen wir Moraltheologen die Frage stellen, wann die Einwände – falls diese Wirkung zeigen sollen – vorgebracht werden müssen. In der Rückschau würde ich auf das Jahr 1933 deuten, vor „Führerermächtigung" und „Gleichschaltung". Ungelöst steht ferner die Frage nach der Methode des Aufbegehrens vor uns, die sich aus den jüngsten Erfahrungen ergibt. Es hat sich gezeigt, dass die Kirchen angesichts der Millionen Mitglieder beizeiten die Widerstandskraft und ethische Erkenntnis der Massen mobilisieren müssten. Offensichtlich waren leider sehr viele Christen bereit, den Befehlen für Massenmord, Abwertung und Missachtung Folge zu leisten. Die Kirchen haben meines Erachtens die notwendige ethisch-moralische Sensibilisierung ihrer Gläubigen versäumt! Man hat wohl den Hauptwert auf rein narrative Bibelkunde und oft unverstanden gebliebene Metaphysik gelegt. *(Prof. Rauch greift nach seinen Blättern und sinkt sichtlich angestrengt, innerlich belastet, auf seinen Stuhl. Kardinal Faulhaber steht auf.)*

Michael von Faulhaber: Seien Sie bestens bedankt für Ihre wirklich umsichtige Analyse des schwierigen Zusammenklangs von staatlicher und religiöser Ethik. Wir befinden uns leider noch inmitten dieser schrecklichen Problemlage. Ich halte es für angebracht, dass wir diese wichtige ökumenische Zusammenkunft mit einem ehrlichen Gebet, das die Selbstanklage nicht scheut, beschließen. *(Alle erheben sich im angebrachten Ernst, schlagen das Kreuzzeichen und knien nieder. Faulhaber spricht laut und ernst mit demütig gesenktem Haupt. Alle nehmen diese Haltung ein und bekunden damit ihre Zustimmung.)*

„Unser Herr und Gott, wehe uns! Wir haben auf ganzer Ebene versagt! Wir bekennen gegen Deine geoffenbarten Gebote und Deine Gewissensappelle gesündigt zu haben! Wir waren und sind Mitschuldige *(Er liest dann die Sätze des vorbereiteten Reuegebetes ab. Alle wiederholen chorartig die einzelnen Bekenntnisse):*

Wir haben uns mitreißen lassen in naiver und huldigender Staatsbegeisterung!

Wir haben das uns als Aufgabe zugewiesene Menschenrecht nicht verbreitet!

Wir haben den Führerwillen gegen innere Vorbehalte an Gottes Stelle gesetzt!

Wir haben uns um die Kirche stärker besorgt als um leidende Menschenwesen!

Wir waren angstbestimmt, angepasst und versteckten uns hinter Führertreue!

Wir waren mutlos, wo unsere Gelübde offenen Widerstand gefordert hätten!

Wir waren blind, weil wir in Schwerbehinderten nicht Dein Ebenbild erkannten!

Wir haben nicht bemerkt, dass Behinderte Glück empfinden und Glück geben!

Wir waren roh und verhärtet, statt gefühlvoll und verständig wahrzunehmen!

Wir sind mitschuldig, weil wir hilflose Gotteskinder den Mördern überließen!

Großer Gott, sei uns Sündern gnädig. Hilf uns, Deine wahre Offenbarung in einer gewandelten, ökumenisch denkenden Kirche weiterzutragen. Wir bitten Dich, die Schrecknisse, Verbrechen und Versagensformen bald durch Deinen gütigen und erneuernden Eingriff zu beenden! Amen". *(Alle geben sich kurz die Hände und gehen bedrückt davon.)*

Dr. Friedrich Wambsganz, der Autor des Buches >Christentum ohne Traditionslast< (2013), ist 1945 im oberbayerischen Peißenberg geboren. Er hat von 1964 bis 1971 an der Münchner Ludwig-Maximilians-Universität Neuere und Ältere Literaturgeschichte sowie Katholische Theologie studiert und mit dem Staatsexamen abgeschlossen. Die Zulassungsarbeit bei Prof. Leo Scheffczyk hatte das Thema >Die Lehre von der Gottebenbildlichkeit in Bibel und neuerer Dogmatik<. Nach der Referendarzeit und der Hausarbeit zum Titel >Erstellung eines curricularen Lehrplans für die siebte Jahrgangsstufe des gymnasialen Religionsunterrichts< am Städtischen Adolf-Weber-Gymnasium war er ab 1973 für 36 Jahre am Weilheimer Gymnasium mit dem Religions- und Deutschunterricht tätig. Als Gründungsvorsitzender einer politischen Jugendorganisation (1964) initiierte und leitete er Veranstaltungen zur Europa-, Entwicklungs- und bayerischen Landespolitik und betrieb eine wirksame Aktion gegen „Verkehrstod an Straßenbäumen". Aus seiner 1974 geschlossenen Ehe gingen drei Kinder hervor. 1972-1978 war er Mitglied des Kreistages Weilheim-Schongau und konnte im Schulausschuss den Bau einer Realschule in Peißenberg und die Erweiterung des Chemietraktes am Weilheimer Gymnasium voranbringen sowie zur Abwehr einer Müllverbrennung im Peißenberger Ortsbereich und zur Erhaltung des Ortskrankenhauses beitragen. Der Studiendirektor und Fachbetreuer für Deutsch promovierte an seiner Alma Mater in seinen Studienfächern 1998 mit dem Thema >Das Leid im Werk Alfred Döblins – Eine Analyse der späten Romane in Beziehung zum Gesamtwerk< unter Betreuung der Professoren Konrad Feilchenfeldt, Franz-Josef Worstbrock, Leo Scheffczyk und Dietz-Rüdiger Moser. Von 1975 bis 2009 war er ununterbrochen an den mündlichen und schriftlichen Abiturprüfungen seiner 25 Religions-Grundkurse, 10 Deutsch-Grundkurse und 6 Deutsch-Leistungskurse beteiligt und leitete 40 Facharbeiten in Deutscher Literaturgeschichte an. Er wurde auch mehrmals zur Erstellung von Entwürfen für Abituraufgaben zum bayerischen Zentralabitur im Fach Katholische Religionslehre herangezogen. Erstmals im Jahr 2000 konnte er an seiner Münchner Stamm-Universität ein Seminar zum Thema >Unterrichtsplanung< abhalten. Diese Tätigkeit als Lehrbeauftragter an der LMU setzte sich nach seinem Eintritt in den Ruhestand als Gymnasiallehrer fort mit der Durchführung von Seminaren zum Oberbegriff >Religion in Literatur< an der Theologischen Fakultät im Fachbereich Religionspädagogik. Bis 2013 wurden im Rahmen dieser Dozententätigkeit je drei literarische Werke der Schriftsteller Thomas Mann, Hermann Hesse, Bertolt Brecht und Max Frisch im Vergleich mit biblischen Texten untersucht. 2015-17 folgten drei Seminare im Fachbereich Germanistik (T. Mann, A. Döblin, T.Fontane). 2003 dramatisierte er Ödön von Horváths gesellschaftskritischen Roman >Der ewige Spießer<. Vom Autor erschienen in den letzten 11 Jahren die Bücher >Thomas Manns `Doktor Faustus´ - das fehlgeleitete deutsche Genie< (2002), >Erzählartistik zugunsten einer deutschen Wende in Alfred Döblins Spätwerk< (2004) und >Rational glauben< (2004). Bei den Tagungen der Internationalen Alfred-Döblin-Gesellschaft referierte er zu den Themen >Widerstand statt Demut im Roman `Berlin Alexanderplatz´< (Berlin, 2001); >Antigone als Verdichtung des Widerstands des Individuums gegen die Staatsraison im Roman `November 1918´< (Mainz, 2005) und >Masse Mensch im Roman `Berge, Meere und Giganten´< (Berlin, 2011). In Uffing inszenierte Dr. Wambsganz acht Jahre das weihnachtliche Krippenspiel der Ministranten. Er hat ferner vier Bibelspiele für den Gottesdienst-Einsatz zu den alttestamentlichen Textstellen >Jakob und Esau< und >Daniel und Belsazar< sowie zur neutestamentlichen Episode >Paulus und der Silberschmied< und zum Gleichnis >Der barmherzige Samariter< verfasst. Als Literaturführer ist er ab und zu tätig auf selbstentwickelten Wegen in Polling (für Thomas Mann) und Murnau (für Ödön von Horváth).

Inhalt:

Der erste Akt des deutschen Dramas „Aktion T 4 – Legalisierter Massenmord im 20. Jahrhundert" widmet sich der Aushändigung des Führer-Befehls an geeignete Fachleute aus den Bereichen Medizin, Psychiatrie und NSDAP-Parteiorganisation. Der zweite Akt wendet sich einer betroffenen Bauernfamilie zu, deren 12-jährige behinderte Tochter Frieda notgedrungen an ein kirchliches Pflegeheim übergeben werden soll. Das Elternpaar nimmt dabei die Beratung durch den Dorfbürgermeister und den vertrauten Schullehrer in Anspruch. Im dritten Akt lernen Leser und Zuschauer des Bühnenstücks die internen Vorgänge in der Heil- und Pflegeanstalt Bethel kennen, die unter der Leitung des evangelischen Pastors Friedrich von Bodelschwingh steht. Es gilt, sich dem Dilemma zwischen staatlichen Anordnungen und christlicher Ethik zu stellen und die Liquidationen soweit wie möglich zu reduzieren. Der vierte Akt führt die Handlung wieder in das westfälische Bauernhaus des zweiten Aktes zurück. Die Gespräche zeigen nun verhärtete Positionen zwischen dem mittlerweile der SS beigetretenen Ortsvorsteher und dem sich zum erbitterten Regimekritiker gewandelten Erzieher der ausgelieferten und belasteten Frieda. Die Eltern und die Antagonisten befinden sich in Ungewissheit über das Schicksal des Kindes. Da die Abmachungen des Reichskonkordates von 1933 zwischen dem Deutschen Reich und dem Vatikan - dazu mit Komplikationen über bibeltreue oder staatsverpflichtete Ethik in der evangelischen Konfession - im gesamten Geschehen anzutreffen sind, gibt der fünfte Akt die Gespräche einer ökumenischen Konferenz der katholischen obersten Kirchenleitung wieder. Der dazu beigezogene Theologieprofessor legt die Unvereinbarkeiten und schlechten Kompromisse zwischen Staat und Kirchen dar. Es gibt Erkenntnisse und Lehren aus dem Desaster von brutalen Menschenvernichtungen und Weltkrieg. Zumindest die Verantwortlichen für Religion und Glauben ringen sich dazu durch, Mitschuld zuzugeben und über ein zukünftiges Primat einer Ethik der Menschenrechte, maßgebend für Kirchen und Staat, nachzudenken.

Die Handlung des Dramas erfasst demonstrierend und reflektierend die Geheimaktion von „Vernichtung lebensunwerter Existenzen" ab Beginn mit 1. September 1939 (1. Akt) bis zum absehbaren Ende der Hitlerdiktatur im Dezember 1944 (5. Akt). Die Jahre 1941 (2. Akt), 1942 (2. Akt) und 1943 (4. Akt) enthalten den angeblichen Stopp der „Aktion T 4", den veränderten Fortgang der Massenmorde unter Täuschung oder Zugeben von Menschenvernichtung.

Grundlagen der Entstehungsgeschichte und zur Organisation der „Aktion T 4":

Klee, Ernst Euthanasie im Dritten Reich, Die Vernichtung lebensunwerten Lebens, Fischer-Verlag, Frankfurt a. M. 2014 (2. Auflage), 736 S.

Kurzinformationen zu Biographien wichtiger Personen aus dem reichhaltigen Internet-Material

Friedrich Wambsganz

Christentum ohne Traditionslast – vernünftiges Verständnis von Glaube und Religion

Zur Notwendigkeit von zeitgerechten Glaubensreformen, religiöser Toleranz, Sozialarbeit und weltweiter Friedensethik

Diese Bibelanalyse stellt das Matthäus-Evangelium, das zentrale Buch des Neuen Testaments, als das „Evangelium der Kirche" in den Mittelpunkt einer sorgfältigen, eminent textkritischen Auswertung und legt dabei offen, mit welchen Konstruktionen und Erzählbildern die Urerfahrungen dieses judenchristlichen Hagiographen im syrischen Exil 50 Jahre nach Jesu Tod niedergelegt wurden. Die Untersuchungsmethode hält sich nicht an die seit Jahrhunderten als fesselnder Rahmen autoritativ vorgegebenen stereotypen Erklärungsmuster. Es kommt zum Vorschein, wie im Durchmischen von Erzählzeit und erzählter Zeit eine Verwirrung über die echten Predigten und das historische Wirken des „Menschensohnes" Jesus und des von der jungen Kirche geprägten „Gottessohnes" zustande kam. Daher wird konsequent für die längst nötige Klärung dessen gesorgt, was der gottgesandte Mann aus Nazaret wirklich war, wollte und tat – und was in der erzählerischen Rückschau innerhalb der neuen Perspektive eines bereits christgläubigen biblischen Schriftstellers die Christusgestalt bedeutet. Dies macht Historie und Glaubensfiktion – die als Offenbarung, vernünftig verstanden, durchaus auch eine mystische Berechtigung hat – endlich deutlicher bewusst. Wissen wird erweitert, Glaube wird begriffsschärfer vermittelt und kann so besser verbreitet und vertieft werden. Statt an wortwörtlicher Indoktrination der Bibel festzuhalten, wird einer an sich notwendigen Kirche angeraten, die Legenden und Mythen sowie die starren, autoritativen Dogmen symbolisch auszulegen. Realgeschichte des 1. Jahrhunderts bleibt dabei nicht auf der Strecke, Jesu einfache Verkündigung und seine Gottunmittelbarkeit verhelfen zu einer friedensfördernden Sicht auf Religion überhaupt. Nicht die differierenden, aber im Grunde ähnlichen Glaubensinhalte der Weltreligionen dürfen als Argumente für das angeblich einzig Richtige, Eigene herangezogen werden, sondern die im Wesentlichen für alle Weltreligionen typische Friedensethik muss endlich Vorrang haben und in konkret-politischer Umsetzung Früchte tragen.

:SBN 978-3-7448-2841-3

Das Leid im Werk Alfred Döblins

Eine Analyse der späten Romane
in Beziehung zum Gesamtwerk

Das Thema Leid zeigt sich in den späten Romanen Alfred Döblins zunächst im Schmerz der kriegsversehrten passiven Helden und in deren Psychosen. Im Inneren der Hauptfiguren Dr. Friedrich Becker und Edward Allison spielen sich während ihrer Traumen und Wahnvorstellungen ethische Bewußtwerdungs- und Wandlungsprozesse ab, die zum Widerstand gegen die traditionellen Wert- und Ordnungsvorstellungen der Gesellschaft führen. Dabei wird die Kriegsschuldfrage thematisiert sowie die Problematik von Pazifismus und helfender Gewalt unter Heranziehung modernster sprachlicher Kunstmittel erörtert. Leid erweist sich als ein Hauptthema des Autors von den psychologisch und psychiatrisch durchdachten Krankheitsdarstellungen der frühen Erzählungen und Romane bis hin zu den gesellschaftskritischen Romanen der weiteren Schaffensperioden. Die beiden großen Alterswerke Döblins, die aufeinander bezogen sind, münden in die Kernthese, dass gerade aus den gesellschaftlichen Strukturen und dem traditionellen Verhalten herrührendes Leid durch individuelle Religiosität und durch eine neue politische Ethik behoben werden kann. Die vorliegende Dissertation enthält einen ausführlichen, gegliederten Forschungsbericht und eine umfangreiche Bibliographie.

Dr. Friedrich Wambsganz ist 1945 in Peißenberg geboren. Er hat von 1964-1971 an der Münchner Ludwig-Maximilians-Universität Neuere und Ältere Literaturgeschichte sowie Theologie studiert. Die Zulassungsarbeit beschäftigte sich mit der Lehre von der >Gottebenbildlichkeit in Bibel und Dogmatik<. Die Dissertation 1998 trägt den Titel >Das Leid im Werk Alfred Döblins. Eine Analyse der späten Romane in Beziehung zum Gesamtwerk<. Seit dem Staatsexamen unterrichtet der Studiendirektor ununterbrochen die Fächer Deutsch und Religion am Gymnasium in Weilheim. Im SoSem 2000 nahm er an der LMU München einen Lehrauftrag wahr. 2001 referierte er bei den Internationalen Döblin-Kolloquien an der FU Berlin über den Roman >Berlin Alexanderplatz< zum Thema >Widerstand statt Demut – Neue Thesen zu Döblins Roman<. 2002 stellte er sein Buch >Thomas Manns `Doktor Faustus', das fehlgeleitete deutsche Genie< in München vor. 2004 erschien sein Buch >Erzählartistik zugunsten einer deutschen Wende in Alfred Döblins Spätwerk. Eine Analyse der Erzählstrategie, der Struktur und der Stilmittel im `November'- und `Hamlet'-Roman<. 2005 trug er bei den Döblin-Kolloquien in Mainz seine Erkenntnisse zum Thema >Sophokles' Antigone als Verdichtung des Widerstandsproblems der Individualität gegen die Staatsraison in Alfred Döblins `November 1918'< vor. Das vorliegende Buch zur Leidensthematik legt den psychologischen, existenziellen und politischen Werkgehalt der Romane >November 1918< und >Hamlet oder Die lange Nacht nimmt ein Ende< sowie die Intentionen von >Berlin Alexanderplatz<, >Manas< und verschiedener Erzählungen offen.

ISBN 978-3-8391-9215-3

9 783839 192153